적과 흑 1

일러두기

• 이 책은 Stendhal, 『*Le Rouge et le Noir*』(Project Gutenberg, 1997)를 참고했습니다.

큰글자 세계문학 컬렉션

12

적과 흑 1

스탕달 지음 | 진형준 편역

살림

스탕달

독일 화가 안톤 라파엘 멩스의 1774~1776년경 작품.

오페라 「돈 조반니」

모차르트가 1787년 작곡한 오페라 「돈 조반니」의 1820년 영국 포츠머스 킹스시어터 공연 장면을 그린 작자 미상의 만화. 일찍이 7세 때 어머니를 잃고 엄격한 아버지 밑에서 불행한 어린 시절을 보내던 스탕달은 문학에서 도피처를 찾았다. 그리고 16세 때인 1799년 파리로 유학을 떠났다. 파리에서 그는 자신의 천직이 희극(comedy) 작가임을 깨닫고 학업을 중단한 채 희극을 쓰고자 했다. 하지만 사촌이 억지로 군대에 보내는 바람에, 나폴레옹 원정군을 따라 1800년 이탈리아 밀라노로 가게 되었다. 그런데 놀랍게도 스탕달은 이탈리아에서 전쟁만이 아니라 오페라와 예술, 사랑과 행복까지 발견했다. 이후 그는 나폴레옹 원정군을 따라 독일을 거쳐, 1812년 러시아 공격에도 참전했으나 무사히 귀국했으며, 1814년 나폴레옹이 몰락하자 직업을 잃었다. 하지만 그런 와중에도 그는 이탈리아와 음악과 그림을 향한 열정을 맹렬히 불태워 『하이든, 모차르트, 메타스타시오 전기』(1815), 『이탈리아 회화의 역사』(1817), 『로마, 나폴리, 피렌체』(1817)를 잇따라 집필했다.

「마틸데 비스콘티니 뎀보프스키 Matilde Viscontini Dembowski」

스탕달의 책들에는 여성에 대한 진정한 공감이 분명히 드러난다. 그래서 시몬 드 보부아르는 『제2의 성』에서 그를 극찬했다. 스탕달이 1822년 쓴 『연애론』은 낭만적 열정에 대한 이성적인 분석을 담고 있는데, 이것은 그가 1818년 밀라노에서 만났던 마틸데 부인을 향한 열렬한 짝사랑 경험에 바탕을 두었다. 이런 낭만적 감정과 냉철한 분석 사이의 융합과 긴장은, 스탕달의 뛰어난 소설들에서 전형적으로 발견되는 특징이다. 그런 점에서 그를 낭만적 사실주의자라고 부를 수도 있다. 스탕달은 44세 때인 1827년 첫 소설 『아르망스』를 출간하지만, 작품을 잘 이해하지 못한 당시 사람들에게 외면당한다.

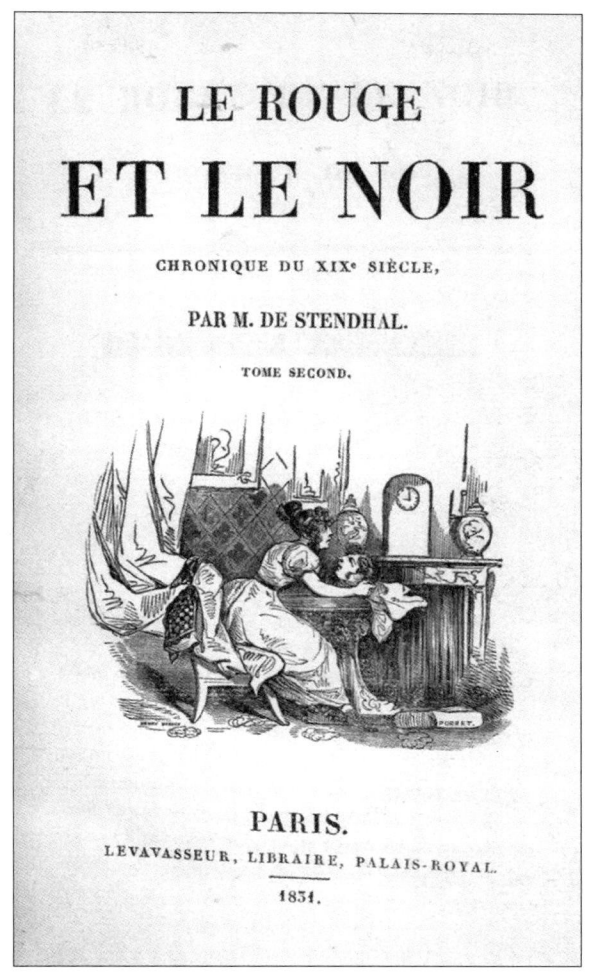

『적과 흑』 초판본

1831년 출간된 『적과 흑』 초판본 표제지. 처음에 스탕달은 제목을 '쥘리앵'이라고 했다가 '적(赤)과 흑(黑)' 즉 '빨강과 검정'으로 바꾸었다. 이 제목이 무슨 뜻인지 스탕달이 설명을 하지 않아 여러 가지 해석이 나오는 가운데 여전히 수수께끼로 남아 있다. 보통 '적'은 '군대'의 군복, '흑'은 '성직자'의 사제복 색깔을 뜻한다고 보는데, 당시 프랑스 군대 제복 색깔은 푸른색이었다는 등 반론도 만만치 않다. 스탕달은 주인공 쥘리앵의 야망과 좌절을 통해 귀족과 성직자를 위선자이자 물질주의자로 비판하고, 그들을 지도적 위치에서 끌어내릴 눈앞에 닥친 급격한 변화를 예고하면서, 19세기 초 프랑스 사회를 풍자한다. 한편 앙드레 지드는 이 소설을 시대를 앞서간, 20세기 독자를 위한 작품이라고 평가했다. 그 당시 소설은 대화와 전지전능한 화자의 설명으로 이루어져 있었는데, 스탕달은 인물의 내면 심리(감정, 생각, 독백)를 묘사하여 문학 기법 발전에 큰 공헌을 했다. 그래서 스탕달을 심리소설의 창시자라고도 부른다.

적과 흑 1 **차례**

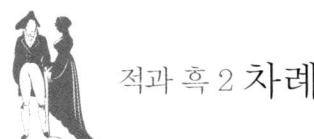적과 흑 2 **차례**

제
1
권

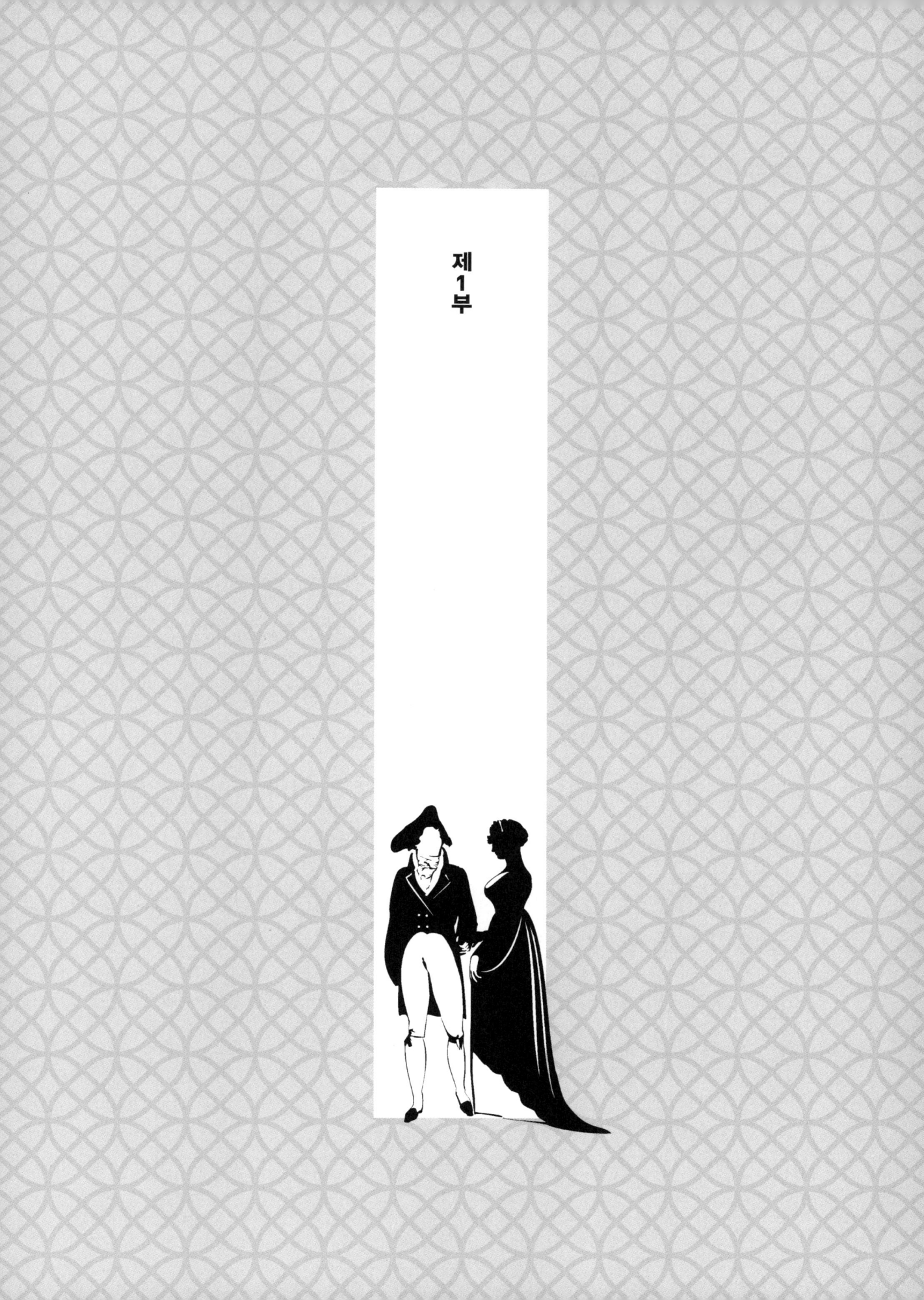

제1부

제1장 작은 도시

좀 덜 나쁜 자들을 골라서
수천 명을 함께 넣어보라.
그래도 감옥 안은 더 고약해질 뿐이다.
_홉스

프랑스와 스위스 접경지대에 있는 작은 도시 베리에르는 프랑슈콩테 지방에서 가장 아름다운 도시로 손꼽을 만하다. 붉은 지붕을 한 하얀 집들이 언덕에 늘어서 있고 능선을 따라 울창한 마로니에 숲이 굽이굽이 펼쳐져 있다. 그 위로는 거의 다 허물어진 오래된 성벽이 있으며 저 아래로는 두 줄기 강물이 흐르고 있다.

도시 북쪽에는 베라산이 도시를 둘러막듯 솟아 있다. 그 산으로부터 급류 한 줄기가 쏟아져 내려 베리에르를 가로지른 뒤 두 줄기 강물과 합류한다. 그리고 그 급류 주변에 많은 제재소가 있었다. 이 제재업과 방직업 덕분에 이곳 사람들은 꽤

넉넉한 살림살이를 유지하고 있었다.

나그네가 이 도시에 첫발을 들여놓게 되면 그를 맞이하는 시끄럽기 짝이 없는 소리에 귀가 얼얼해진다. 육중한 쇠망치들을 주렁주렁 매달고 있는 기계인데, 그 쇠망치 하나에서 하루 수천 개의 못이 생산된다. 그 쇠망치들은 급류가 돌리는 물레의 힘으로 작동되고 있다. 그 나그네가 시내로 걸음을 옮기면서, 대로를 오가는 사람들의 얼을 빼놓는 이 못 공장의 주인이 누구냐고 누군가에게 묻는다면, 말꼬리를 길게 늘어뜨리며 다음과 같이 대답할 것이다.

"에에, 저거느은, 시자앙님 거요오."

이 베리에르 대로에서 나그네가 잠시 머뭇거리다 보면 바쁜 척 거드름을 피우는 한 남자를 만날 수도 있다. 이 남자와 마주치면 누구나 모자를 벗고 인사한다. 머리카락이 희끗희끗하고 입은 양복도 잿빛이다. 가슴에는 훈장도 몇 개 달고 있다. 얼핏 보면 그런대로 사오십 대 남자의 멋을 풍기기도 한다. 하지만 그에게서 뭔가 좀 편협한 사람 같다는 느낌을 받고 나그네는 곧 기분이 상할 것이다. 이어서 그가 가진 재능이란 게, 꿔준 돈은 틀림없이 받아내고 빌린 돈은 되도록 늦게 갚는

게 고작이라는 것을 금방 알아차릴 것이다. 그가 바로 못 공장의 주인인 이곳 베리에르 시 시장 레날 씨다.

그가 시청으로 모습을 감춘 후 나그네가 대로를 따라 100여 걸음 더 올라가면 아름다운 집 한 채를 만난다. 철책 사이로 아름다운 정원이 보이고 그 정원 너머로는 부르고뉴 언덕들이 지평선을 이루며 마치 한 폭의 그림처럼 펼쳐져 있다. 바로 레날 시장의 저택이다. 시장은 못 공장에서 거둔 수입으로 이 멋진 저택을 최근에 새로 지었다.

레날 시장은 저택의 정원을 그럴듯하게 꾸미기 위해 이웃의 땅을 사들였다. 그리고 그가 사들인 땅은 바로 소렐 씨의 제재소가 있던 자리였다. 시장은 그 제재소를 다른 곳으로 옮기기 위해 소렐 씨와 여러 차례 흥정을 벌여야만 했다. 결국, 그 억센 고집불통 노인에게 엄청난 땅값을 치러야 했다.

소렐은 아래쪽에 있는 네 배나 더 넓은 공공 부지를 받아냈고, 그 외에 6,000프랑이라는 거금을 더 뜯어냈다. 덕분에 살림이 넉넉해진 그를 사람들은 '소렐 영감'이라고 불렀다.

이 도시의 두 강줄기 위쪽 산등성이를 따라서는 길게 공공 산책로가 나 있다. 위치가 너무 좋아 프랑스에서 가장 아름다운 경치를 굽어볼 수 있는 곳이었다. 하지만 이 산책로에 커다란 흠이 있었다. 봄만 되면 빗물이 길로 쏟아져 내려 고랑을 만들고 웅덩이를 만드는 통에 다니기가 어려웠다. 레날 씨는 시장으로서 업적을 길이 남기기 위해 높이 6미터에 길이가 60~70미터 되는 축대 공사를 추진했다. 레날 씨는 그 축대에 난간을 쌓기 위해 파리에 세 번이나 다녀와야 했다. 내무부 관리들이 모두 고개를 흔들 정도로 귀찮게 한 결과 이제 난간은 1미터 높이로 완성되었고 산책로도 2미터나 더 넓어졌다. 다른 것은 몰라도 레날 씨의 이 공적만은 인정해주어야 한다. 레날 씨는 이 산책로를 단장하면서 '충성 산책로'라는 정식 명칭을 붙였다. 이 충성 산책로 난간에 기대어 저 아래 계곡과 강물을 바라보면 얼마나 아름다운 광경이 펼쳐지는지!

하지만 이 작은 도시에서 사람들이 가장 중요하게 생각하는 것은 아름다움이 아니었다. '수익을 가져오다'라는 표현에 이곳 베리에르에서 모든 것을 결정하는 원칙이 압축되어 있었다. 깊고 청량한 계곡 안자락의 매력적인 이 도시를 처음 찾아오는 외지인은 이곳 주민들이 말끝마다 자기네 고장의 아름다움을 내세우는 것을 보고는, 이들이 정말 미적 감각을 가졌다고 생각할지 모른다.

이곳 주민들이 자기네 고장의 아름다움을 소중히 여기는 건 사실이다. 그 아름다운 풍광이 외지인들을 이곳으로 끌어들이기 때문이다. 그들이 이곳에 와서 쓰는 돈이 자기네 주머니를 불려주고 그들이 지불하는 일종의 통행세가 시의 재정을 넉넉하게 해주기 때문이었다.

화창한 가을날, 레날 씨는 아내와 팔짱을 끼고 충성 산책로를 거닐고 있었다. 어린 세 아들이 그들 앞에서 장난치며 걸어가고 있었다. 서른 살가량 되어 보이는 레날 부인은 여전히 아주 아름다웠다.

레날 시장은 무언가 툴툴거리고 있었다.

"파리에서 왔다는 그 작자, 후회하게 될 거야. 나도 궁정에 친구들이 없는 건 아니니까."

그가 그렇게 못마땅해하는 파리 작자란 아페르 씨였다. 그는 베리에르의 감옥과 빈민 수용소 내부 운영 실태를 기웃거렸던 것이다.

레날 부인이 조심스럽게 말했다.

"그 양반이 당신에게 무슨 해코지를 하겠어요? 당신이 양심적으로 어려운 사람들을 위해 일하고 있는데요."

"그자는 어떤 식으로건 트집을 잡을 거야. 그러고는 자유주의파 신문들에 기사를 쓸 거라고. 이번에 신부가 한 일은 그냥 넘어가지 않겠어."

신부가 무슨 일을 했기에 레날 시장이 그냥 넘어가지 않겠다고 한 것일까?

베리에르의 주 신부는 셸랑 신부였다. 그는 팔순 노인이었지만 이 산간 지방의 신선한 공기를 마시고 지내는 덕분에 건강했고 성격도 꼿꼿했다. 이 주 신부는 신부 자격으로 언제든 감옥과 병원, 심지어 빈민 수용소까지 마음대로 출입할 수 있었다.

아페르 씨는, 프랑스 귀족원 의원이며 이 지방 출신 최대 지주인 라 몰 후작이 써준 소개장을 들고 사제관을 찾았다. 셸랑 신부는 '나는 늙은 몸이고 또 이곳 사람들 인심을 얻고 있으니 어쩌지 못하겠지'라고 생각하고는 아페르 씨를 감옥과 자선병원, 빈민 수용소로 안내했다.

레날 시장이 남에게 가장 보여주기 싫어하는 추한 모습을 외지인에게 보여준 것이다. 이날 아침 레날 씨는 빈민 수용소장 발르노 씨와 함께 사제관으로 가서 꽤나 심한 유감의 말을 던졌다. 그들이 하도 강하게 비난하자 이 노신부는 떨리는 목소리로 외칠 수밖에 없었다.

"좋소, 두 분! 나를 자르시오. 그래도 살아가는 데는 지장이 없소. 나는 이미 48년 전에 연 수입 1,500프랑 정도의 땅뙈기를 상속받았소, 나는 그 수입으로 충분히 먹고살 수 있소."

아침에 있었던 그 일을 생각하며 기분이 언짢았던 레날 씨는 아내를 바라보며 기분을 돌렸다. 그는 아내에게 무척 만족하고 있었다. 아내 앞으로 돌아올 유산이 상당하다는 것도 그를 뿌듯하게 만들었다. 그런데 아내가 "그 파리 양반이 죄수들에게 무슨 해가 되는 건 아니잖아요"라고 신부와 똑같은 말을 되풀이하자 벌컥 화를 내려 했다.

그 순간이었다. 부인이 갑자기 비명을 질렀다. 둘째 아들이 축대 난간 위에 올라서서 뛰고 있었던 것이다. 그 축대 뒤편에는 포도밭이 있었으며 바닥까지는 6미터도 넘는 높이였다. 부인은 소리를 질렀다가는 행여 아이가 놀라 떨어질까 봐 꼼짝도 못 하고 파랗게 질려 있을 뿐이었다. 의기양양해하던 아이는 새파랗게 질린 어머니를 보고는 산책로로 뛰어 내려왔다.

그 사건이 둘 사이의 화제를 바꾸게 해주었다.

레날 씨가 말했다.

"애들을 그냥 놔두면 안 되겠소. 아이를 돌볼 사람을 하나 들입시다. 쥘리앵이라는 제재소 소렐 영감 집 셋째 아들을 우리 집에 데려다놔야겠소. 라틴어를 잘한다고 하니 아이들을 가르칠 수도 있을 거요. 그 집에 지금은 죽은 퇴역 군의관 한 명이 오래 묵은 적이 있었는데, 쥘리앵이 그 사람한테서 라틴어를 배우고 책도 물려받았다더군. 신부가 전에 한 이야기로는 제법 강직한 친구래. 신학교에 들어가려고 3년 전부터 신학 공부를 하고 있다고 하오.

빈민 수용소장 발르노가 노르망디 말 두 필을 사들이고 우쭐대는 꼴이 보기 싫어서라도 가정교사를 두어야 하오. 발르노는 자기 아이들에게 가정교사를 붙여주지 못했으니까."

그러자 레날 부인이 말했다.

"우리보다 먼저 그 가정교사를 데려갈 수도 있겠네요."

레날 씨는 자기가 미처 생각하지 못한 것을 일깨워준 아내가 고마웠다.

"자, 그럼 찬성으로 알고 결정합시다. 식사를 제공하는 조건으로 일 년에 300프랑을 줄 작정이야. 우리 지위를 유지하는 데 드는 비용으로 쳐야지."

남편의 갑작스러운 결정에 레날 부인은 생각이 많아졌다. 부인은 키가 크고 늘씬했다. 좀 더 젊었을 때는 이 고장 최고 미인으로 통했던 적도 있었다. 그녀의 말과 행동에는 소박함이 배어 나왔다. 그녀는 순진함과 생기가 넘치는 청초한 아름다움을 지니고 있었다.

파리 사람이라면 그녀의 그런 모습에서 달콤한 관능적 쾌락을 떠올릴 것이다. 하지만 정작 레날 부인은 자신의 모습이 그토록 유혹적이라는 사실을 알게 된다면 한없이 부끄러워할 여자였다. 그녀는 교태를 부릴 줄 몰랐고 속마음을 감춘 채 꾸며 말할 줄도 몰랐다.

그녀는 너무 순진했기에 남편에게도 불만이 없었다. 남편을 요모조모 따져 평가해본 적도 없었고 권태롭다는 생각도 해본 적이 없었다. 남편과 아내 사이가 자기네 정도보다 나을 수 있으리라는 생각은 해본 적이 없었다. 그녀에게 남편이란

자신이 아는 남자들 중에 싫다는 느낌이 가장 덜 드는 남자였
다. 그녀는 베리에르에서 가장 귀족적인 남자로 통하는 남편
과 산다는 것에 대해 아무런 아쉬움도 느끼지 않았다.

제2장 쥘리앵, 레날 씨 집에 가정교사로 들어가다

내 잘못이란 말인가?
이렇게 된 것이.
_마키아벨리

　　　　　　　　다음 날 아침 레날 씨는 서둘러 소렐 영감의 제재소를 찾았다. 그 오지랖 넓은 수용소장 발르노가 라틴어를 줄줄 꿰차고 있는 그 꼬맹이 예비 신부(神父)를 가로채 갈까 봐 사뭇 초조했기 때문이었다.

　제재소 근처로 가자, 저 멀리 한 시골 사내의 모습이 눈에 들어왔다. 키가 무척 큰 그 사내는 이른 아침인데도 아주 바쁘게 움직이고 있었다. 길에 부려놓은 재목들의 치수를 재고 있는 것 같았다. 소렐 영감이었다.

　영감은 시장이 쥘리앵을 자기 집에 가정교사로 데려가겠다는 뜻밖의 제안을 하자 이게 웬 횡재인가 싶었다. 하지만 겉으로는 뭔가 불만스러운 듯 시큰둥한 표정을 지었다. 이곳 산간 지방 사람들이 속내를 감추고 싶을 때 내보이는 태도였다.

소렐 영감은 이 지체 높은 나리가 자신의 건달 아들을 데려가려는 이유가 무엇인지 머리를 굴리느라 여념이 없었다. 영감은 아무짝에도 쓸모없는 쥘리앵을 아주 못마땅하게 여기고 있었다. 그런데 연봉 300프랑이라는 눈이 번쩍 뜨일 보수 외에 숙식까지 제공하겠다니 이런 횡재가 따로 없었다.

영감의 시큰둥한 반응에 시장은 놀랐다. 시장은 생각했다.

'당연히 좋아할 일에 이런 반응을 보이는 걸 보니, 누군가 같은 제안을 했던 게 틀림없어. 발르노 말고 누가 그런 제안을 하겠어?'

레날 씨는 당장 협상을 매듭짓자고 독촉했다. 하지만 능구렁이 영감은 엉덩이를 뒤로 뺐다. 자기 아들 의견을 물어보아야 대답을 할 수 있다는 것이었다. 레날 씨는 일단 물러갈 수밖에 없었다.

레날 씨가 돌아가자 소렐은 제재소 문밖에서 벼락같은 목소리로 아들 쥘리앵을 불렀다. 하지만 아무 대답도 없었다. 거구에 힘이 장사인 두 아들이 전나무 둥치를 다듬는 모습만 눈에 들어올 뿐이었다. 안으로 들어가 쥘리앵이 있어야 할 자리를 살펴보았지만 셋째 아들의 모습은 보이지 않았다. 위쪽을 휘휘 둘러보니 천장 대들보에 말 타듯 걸터앉은 아들의 모습이 보였다. 기계가 잘 돌아가는지 보라고 톱 옆자리에 앉아 있으라 했건만! 밉살스러운 막내아들 놈은 시킨 일은커녕 책을 읽고 있었던 것이다.

형들과 달리 뼈대가 가늘어서 힘쓰는 일엔 도통 쓸모가 없다는 것은 참아낼 수 있었지만 책을 옆에 끼고 사는 그 빌어먹을 버릇은 도저히 참아내기 어려웠다.

아버지가 두세 번 더 불러도 소용이 없었다. 책에 몰두해 있었기 때문이었다. 영감은 목재를 딛고 대들보 위로 훌쩍 뛰어 올라갔다. 쥘리앵이 펼쳐 든 책을 후려쳐 개울로 날려 보낸 영감은 그의 머리를 향해 주먹을 날렸다. 한 대 얻어맞은 그가 휘청하며 4미터 아래로 떨어져버릴 뻔한 순간 영감이 왼손으로 그를 우악스럽게 붙들었다.

쥘리앵은 엉금엉금 기어서 톱 옆자리로 돌아갔다. 맞은 자리가 아픈 것보다는 좋아하는 책을 잃어버린 것이 슬퍼서 눈물을 글썽거렸다. 그건 그가 가장 아끼는 책 중 하나인 『세인트헬레나 회고록』으로서 나폴레옹이 세인트헬레나 섬에 유배되었을 때 했던 말을 기록한 것이었다. 영감은 그런 쥘리앵의 뒤를 거칠게 밀면서 집 쪽으로 몰고 갔다. 지나가면서 쥘리앵은 책이 떨어진 개울을 슬프게 쳐다보았다.

청년의 나이는 열여덟이나 열아홉쯤 돼 보였다. 섬세한 생김새에 매부리코를 하고 있었으며 어딘지 모르게 불안정한 생김새였다. 좀 전까지만 하더라도 사색과 열정을 담고 있던 두 눈은 증오로 이글거리고 있었다. 짙은 밤색 머리카락이 이마 언저리까지 빽빽하게 숲을 이루고 있었으며 이마가 좁았기에 성깔이 있어 보이기도 했다.

어쨌든 이처럼 눈길을 잡아끄는 용모도 드물었다. 몸매는 날렵하고 균형이 잡혀서 더없이 경쾌해 보였다. 어린 시절부터 얼굴도 창백한 데다 걸핏하면 말없이 생각에 자주 잠기는 것을 보고 아버지는 그가 얼마 살지 못하거나, 그러지 않더라도 가족의 짐이 될 거라고 생각했다. 아버지와 형들은 쥘리앵을 무시했고 쥘리앵은 그들을 증오했다.

그런 쥘리앵이 유일하게 존경하는 인물이 있었다. 그에게 라틴어와 역사를 가르쳐준 퇴역 군인 외과 의사였다. 물론 그

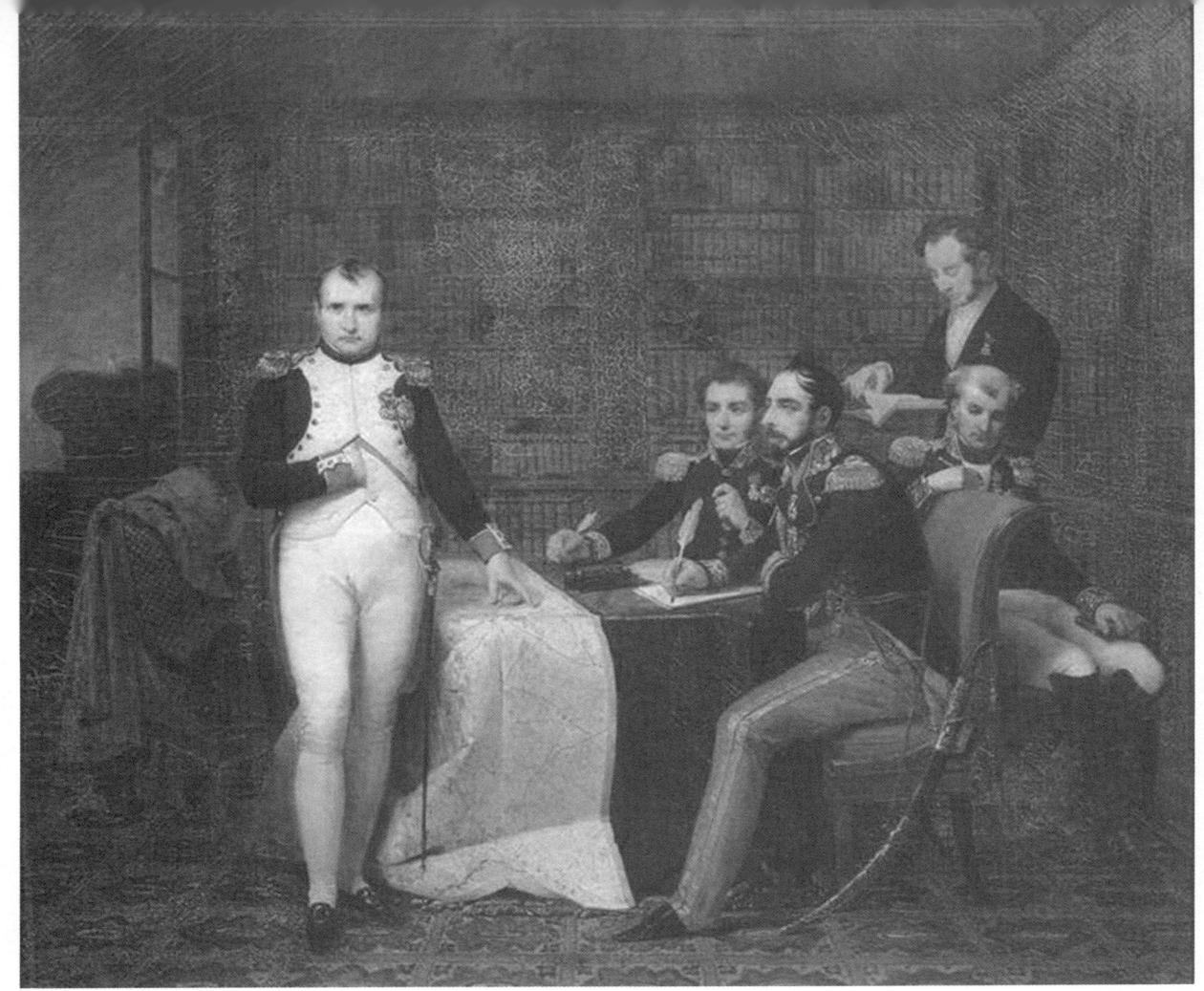

「자신의 회고록을 구술하는 세인트헬레나 섬의 나폴레옹 Napoléon à Sainte-Hélène dictant ses mémoires」

작자 미상의 19세기 작품.『세인트헬레나 회고록(*Le Mémorial de Sainte-Hélène*)』은 나폴레옹이 쓰고 엠마뉘엘 라스 카스 백작이 편집한 나폴레옹의 회고 모음집이다. 1814년 전쟁에 패하여 엘바섬으로 추방되었던 나폴레옹은 1815년 탈출하여 잠시 권력을 되찾았다(백일천하). 그러나 그해 6월 워털루 전투에서 패한 뒤 7월에 항복하고 세인트헬레나 섬으로 유배당해 그곳에서 사망했다. 이 시기에 나폴레옹은 회고록을 집필하는데, 자신이 통치한 프랑스 제국에 대한 향수와 안타까움을 명료하게 담아내어, 당시 프랑스 문학에서 가장 뛰어난 작품 중 하나가 되었다. 흔히 나폴레옹이 말로 한 것을 다른 사람이 받아 적었다고 알려졌지만, 편집자인 라스 카스 백작은 처음부터 끝까지 나폴레옹이 직접 쓴 창작품이라고 늘 강조했다. 1822년부터 1842년까지 20년 동안에 다섯 차례나 개정판이 나왔다.

적과 흑 1

군의관 자신이 아는 역사라는 것이 나폴레옹의 이탈리아 원정 이야기뿐이었지만 쥘리앵에게는 더없이 소중한 배움이었다. 그는 죽으면서 레지옹 도뇌르 훈장과 함께 삼사십 권의 책을 쥘리앵에게 물려주었다. 그중 가장 소중한 책이 방금 물속에 잠기고 만 것이었다.

집 안으로 들어서자마자 영감이 쥘리앵에게 윽박지르듯 말했다.

"속일 생각일랑 집어치우고 똑바로 말해. 이 빌어먹을 놈아, 어디서 레날 부인을 알게 된 거냐? 언제부터 말을 붙였어?"

"말 붙인 적 없어요. 성당에서 본 게 전부인데요."

"뻔뻔한 놈, 어쨌든 쳐다보다가 눈이 맞았던 거지?"

"아뇨, 성당에 가면 하느님만 쳐다본다고요. 아버지도 잘 아시잖아요."

쥘리앵은 또다시 얻어맞지 않으려고 위선적인 모습을 꾸며 보였다.

"하지만 뭔가 있으니 이런 제안을 해 왔겠지. 이런 생쥐 같은 녀석! 암튼 네 녀석을 시원하게 치워버릴 수 있게 됐다. 네

놈이 신부를 꼬드겼거나 구워삶았겠지. 가서 짐을 꾸려라. 레날 씨 집에 데려다줄 테니. 너를 그 집 아이들 가정교사로 들이겠단다. 먹이고 입혀주고 300프랑을 주겠대."

"난 하인이 되고 싶지는 않아요."

"이놈아, 누가 너더러 하인 노릇 하라더냐? 내가 아들놈을 하인으로 보낼 것 같아?"

"하지만 그 집에서 누구랑 같이 밥을 먹게 되는 건데요?"

이 뜻밖의 질문에 소렐 영감은 조금 당황했다. 그는 쥘리앵에게 고래고래 욕을 퍼붓고는 다른 아들들의 의견을 물어보러 갔다.

혼자 남은 쥘리앵은 하인 식탁에 둘러앉아 밥을 먹느니 도망가는 게 차라리 낫다고 생각했다. 그가 하인 식탁에서 밥을 먹는 것을 혐오하게 된 것은 전적으로 루소의 『고백록』을 읽은 탓이었다. 그가 아는 세상이란 오로지 이 책을 읽고 머릿속으로 상상해본 것이 전부였다. 이 책과 더불어 『대육군 회보 모음집』과 『세인트헬레나 회고록』이 그의 『코란』이었다. 이 세 권의 책을 그는 목숨처럼 소중히 여겼다. 그중 한 권을 방금 개울에 흘려보낸 것이었다.

쥘리앵의 내면에는 어떤 불꽃같은 것이 타오르고 있었다. 또한 그의 기억력은 놀라운 바가 있었다. 야심이 있었던 그는 자신의 장래가 셸랑 노신부에게 달려 있음을 알고 라틴어 『신약성경』을 처음부터 끝까지 다 암기했다. 그의 신임을 얻기 위해서였다. 게다가 메스트르의 『교황론』도 다 암기했다. 그렇다고 『신약성경』이나 『교황론』을 믿게 된 것은 아니었다.

다음 날 이른 시간 레날 씨가 소렐 영감을 집으로 불렀다. 영감은 이런저런 말꼬리를 잡아 눈치를 굴린 끝에 아들이 주인 내외와 같은 식탁에 앉게 될 것과, 손님이 많은 날은 아이들과 함께 식사하게 될 것임을 알아냈다. 시장이 이번 일을 서두른다는 눈치를 분명히 채게 된 영감은 좀 더 배짱을 부려봐야겠다는 생각을 했다.

그는 아들이 머물 방을 보여달라고 요구했다. 가구가 깔끔하게 갖추어진 큰 방이었으며 벌써 세 자녀의 침대를 그 방으로 옮겨놓느라 분주한 모습이 눈에 띄었다. 소렐 영감은 자신감 있는 태도로 아들에게 줄 옷을 보여달라고 했다. 레날 씨는 서랍에서 100프랑을 꺼냈다.

"아들에게 양복점에 가서 이 돈으로 검은색 정장 한 벌을 맞추라고 하시오."

"알겠습니다. 이제 딱 한 가지가 남은 셈이군요. 나리께서 우리 아이에게 주실 돈 말입니다."

"어제 300프랑으로 합의를 보지 않았소? 그 정도면 과분한 돈이지."

"그건 나리께서 제시한 액수지요. 과분하다는 것도 맞긴 하지만……."

그러더니 소렐 영감은 배포 좋게 한마디 덧붙였다.

"어디 더 좋은 자리가 있는지 한번 알아봐야겠는뎁쇼."

시장의 얼굴이 붉어졌다. 이윽고 두 시간가량이나 흥정이 이어졌다. 발르노에게 쥘리앵을 빼앗길까 봐 속으로 안달이 난 시장이 질 수밖에 없었다. 쥘리앵의 연봉은 400프랑으로 정해졌다. 그것도 매달 선지급으로 36프랑씩 주기로 했다. 레날 씨는 마지막 흥정만은 이기고 싶었다. 그는 그 봉급을 쥘리앵에게 직접 주겠다고 주장했다. 그리고 영감에게 아들 옷을 해주라며 건넸던 100프랑도 자기가 직접 옷을 해 입히겠다며 도로 받았다. 뭔가 영감에게 말려들었다는 기분에 속이 뒤틀

렸기 때문이다. 소렐 영감도 더 우기다가는 거래 자체가 깨질 것을 우려해 그 주장을 받아들일 수밖에 없었다.

그사이 쥘리앵은 자신의 책과 레지옹 도뇌르 훈장을 안전하게 보관하고 싶어 친구를 찾아갔다. 벌채 일을 하는 푸케라는 이름의 그 친구는 베리에르를 굽어보는 높은 산속에 살고 있었다.

그가 돌아오자 소렐 영감이 말했다.

"이 빌어먹을 게으름뱅이 놈아. 십 몇 년 동안 공짜로 먹여주고 재워준 값을 갚을 염치도 없는 놈! 이제 짐을 꾸려서 시장 댁으로 가버려라."

쥘리앵은 서둘러 집을 나섰다. 레날 시장 댁으로 가기 전에 그는 잠시 성당에 들러야겠다고 생각했다. 신부가 되기로 마음먹고 있는 청년이 새로운 출발을 하면서 성당에 들르는 것은 당연하게 보일지 모른다. 하지만 이 젊은이의 속마음은 그렇게 단순하지 않았다. 그는 전투에 나가는 병사의 심정으로 마음을 추스르기 위해 성당에 들른 참이었다.

아주 어린 시절 쥘리앵의 꿈은 군인이 되는 것이었다. 검은

갈기가 길게 달린 투구를 머리에 쓰고 흰 망토를 휘날리는 병사의 모습이 자신의 미래상이었다. 또한 퇴역 장교 의사의 영향으로 그의 머릿속은 온통 나폴레옹으로 가득 찼다.

그런데 쥘리앵이 열네 살 되던 해 베리에르에 성당 건축이 시작되었다. 이런 작은 도시에 들어서는 성당치고는 규모가 웅장했다. 그리고 그 성당의 기둥 문제를 놓고 치안판사와 보좌 신부 사이에 격한 분쟁이 벌어졌다. 그런데 치안판사가 완패했다. 그런 이후 치안판사가 몇 건 부당해 보이는 판결을 내렸다. 공화주의자 신문을 구독하는 주민들에게 불리한 판결이었다. 보좌 신부의 눈치를 본 판결임이 분명했다. 분개한 주민들이 있었지만 쥘리앵은 신부의 위력을 실감했다.

별안간 쥘리앵은 나폴레옹에 대한 이야기를 입에 담지 않게 되었다. 심지어 그를 싫어한다고 말하곤 했다. 대신 신부가 되겠노라고 드러내놓고 말했다. 그리고 라틴어 『성경』을 암기했다. 선량한 셸랑 노신부는 쥘리앵의 놀라운 기억력에 감탄해서 매일 저녁 그를 데리고 앉아 신학을 가르쳤다. 쥘리앵은 신부 앞에서 경건한 모습만 보였다. 하지만 그가 신부가 되기로 결심한 것은 경건한 신앙심 때문이 아니었다. 출세하고자

하는 욕심 때문이었다. 계집아이같이 창백하고 곱상한 얼굴 뒤에, 출세하지 못할 바에야 차라리 죽음을 택하겠다는 단호한 결심이 숨어 있음을 신부는 물론 그 누구도 눈치채지 못했다. 쥘리앵에게 출세란 무엇보다 베리에르를 떠나는 것을 뜻했다. 그는 자신이 태어난 이 고장이 싫었다.

어릴 적부터 그의 가슴은 자주 뜨거운 열기로 고동치곤 했다. '언젠가는 파리의 아름다운 여인들 앞으로 나아가리라. 무언가 눈부신 일을 해서 그들의 눈길을 사로잡으리라. 나폴레옹 보나파르트는 아직 가난하던 시절에 그 유명한 보아르네 부인의 사랑을 얻었는데 나라고 해서 파리의 여인들 중 한 명의 사랑을 받지 못할 이유가 어디 있겠는가!' 그는 가진 것 없이 출발해서 칼의 힘으로 온 세상의 지배자가 된 보나파르트를 자주 머릿속에 떠올리곤 했다. 자신이 불행하다고 생각되면 그 생각이 위안을 주었고 기쁠 때는 그 기쁨을 두 배로 만들어주었다. 그러던 그가 성당 사건 이후로 생각이 바뀐 것이었다. 그는 자기가 현실에 눈을 떴다고 생각했다.

'나폴레옹이 각광받던 시대는 갔어. 그때는 외적의 침략을 두려워할 때였어. 군사적 힘이 필요했고 인기가 있었지. 하지만 오늘날은 나이 마흔인 신부들이 연봉을 10만 프랑이나 받고 있잖아. 나폴레옹 군대 장군들보다 세 배나 많은 돈이야. 나는 신부가 될 거야.'

그가 신부가 되기로 결심한 것은 출세를 위해서였다. 그런 만큼 영웅이 되어 이름을 날리고 싶은 그의 어릴 적 꿈은 여전히 그의 내부에서 꿈틀거리고 있었다.

그는 레날 씨 집으로 가기 전에 성당에 들렀다. 성당 안은 어둡고 고요했다. 성당 안에는 그 혼자뿐이었다. 그가 의자에 걸터앉았을 때 기도대 위에 펼쳐진 신문 조각이 하나 눈에 들어왔다. 마치 누군가 읽어주기를 기다리는 것 같았다. 쥘리앵은 기사들을 눈으로 더듬었다.

브장송에서 처형당한 루이 장렐 상보, 그의 마지막 순간은……

신문 조각은 찢겨 있었다.

'누가 여기 이 신문을 갖다놓은 걸까? 장렐이 누군지는 몰라도 안됐네. 그런데 이름 끝 글자가 내 이름과 같네…….'

그는 신문을 구겨버렸다.

그는 기도를 마친 후 레날 씨 집으로 향했다. 레날 씨 집으로 향하면서 그는 새롭게 맞이하게 될 세상과의 싸움에서 이기리라는 영웅적 투쟁심으로 불탔다.

하지만 레날 씨 집이 눈앞에 다가오자 씩씩하게 마음속으로 다짐했음에도 불구하고 어쩔 수 없이 소심해졌다. 철제문은 열려 있었다. 더없이 으리으리한 문이었다. 쥘리앵은 그 안으로 들어가야 한다는 사실에 은근히 겁을 먹고 망설인 채 서 있었다.

대문을 바라보며 불안해하고 있는 사람이 한 명 더 있었다. 레날 부인이었다. 그녀는 낯선 사람이 이제 저 문으로 들어와 가정교사라는 신분으로 자신과 아이들 사이에 끼어들리라는 생각에 안절부절못하고 있었다. 이제까지 아이들과 함께 잠자리에 들었는데 이제는 가정교사와 아이들이 함께 잠을 자는 것이다. 부인은 방에 놓여 있던 아이들의 작은 침대가 가정교사의 방으로 옮겨지는 것을 보고 눈물을 쏟았다. 막내의 침대만이라도 자기 방에 놓게 해달라고 남편을 졸랐지만 소용없었다.

라틴어를 안다는 이유만으로 자기 아이들을 야단칠 권리를 가진 한 남자! 어쩌면 회초리를 들지도 몰라. 그녀는 가정교사의 모습을 무섭게 그리고 있었다. 부인은 이제 곧 대문 앞에 사납게 생긴 사내가 헝클어진 머리를 한 채 나타날 것이라고 상상하고 있었다.

잠시 후 대문 앞에 한 시골 청년이 모습을 드러냈다. 레날 부인은 얼굴이 너무나 희고 눈빛이 부드러워 처음에는 웬 처녀가 남장을 하고 시장에게 부탁할 것이 있어 찾아온 건가 생각했다. 부인은 문 앞에 서서 초인종을 울릴 용기도 내지 못하고 있는 그 젊은이가 가여웠다. 부인은 그가 가정교사라고는 생각할 수 없었다.

부인은 방에서 나와 그에게 다가가 물었다.

"무슨 일로 왔나요?"

몸을 돌리고 있던 쥘리앵은 그 소리에 깜짝 놀라 휙 돌아섰다. 그의 눈이 레날 부인의 눈과 마주쳤다. 그 눈빛이 너무 아름다워서 쥘리앵은 잠시 말을 잊었다. 잠시 후 정신을 차린 쥘리앵이 말했다.

"댁의 가정교사로 왔습니다, 부인."

그 소리에 레날 부인은 너무 기뻤다. 그리고 이상한 상상을

적과 흑 1

하던 자신이 우스워서 마음 놓고 웃었다. 후줄근하게 차려입은 더러운 신부가 와서 아이들을 야단치고 회초리질 할 줄 알았는데 그 가정교사가 바로 이 사람이라니!

"아, 네. 그런데 선생께서 라틴어를 잘하신다고요?"

쥘리앵에게는 그처럼 잘 차려입은 여인이, 더군다나 눈부신 살결을 가진 여인이 이렇게 다정하게 말을 걸어준 것은 이번이 처음이었다. 게다가 자기를 보고 선생이라니!

"그렇습니다, 부인."

그가 수줍게 대답했다.

부인은 가정교사가 소녀처럼 수줍어하는 모습을 보고 너무 기뻤다. 그런데 끔찍한 사람을 상상하고 있었다니! 초조한 불안감에 시달리던 끝에 나타난 쥘리앵의 모습은 부인에게 너무나 매혹적이었다.

"들어오세요."

부인이 앞서고 쥘리앵이 뒤따랐다. 현관에 들어서자마자 부인이 다시 뒤를 돌아다보았다. 청년은 새하얀 셔츠 차림에 말끔한 자주색 웃옷을 팔 밑에 끼고 있었다. 가정교사라면 분명 검은 옷을 입어야 하는 거 아닐까? 그녀는 사람을 착각했을까 봐 두려워서 다시 물었다.

"그런데 선생, 라틴어를 하신다는 게 사실이지요?"

이 말에 쥘리앵의 자존심이 상했다. 그는 갑자기 차가운 표정을 지으며 말했다.

"그렇습니다, 부인. 신부님만큼은 라틴어를 할 줄 압니다. 때로는 신부님보다 제 실력이 더 낫다는 말씀을 신부님이 하십니다."

"아이들이 잘 따라오지 못해도 회초리를 들지는 않으실 거지요?"

이처럼 아름다운 귀부인이 이렇게 상냥하게, 거의 애원하는 말투로 말을 건네 오자 쥘리앵은 거의 정신이 나갈 지경이었다. 레날 부인의 얼굴이 자신의 얼굴에 닿을 듯 가까이 있었다. 여인의 여름 옷 향기가 코끝에 스쳐 왔다. 쥘리앵은 얼굴이 빨갛게 달아올랐다.

"아무 걱정 하지 마십시오, 부인. 무엇이든 말씀대로 하겠습니다."

"나이가 어떻게 되세요?"

"곧 열아홉이 됩니다."

레날 부인은 완전히 마음을 놓았다.

"우리 큰아이는 열한 살이에요. 좋은 친구가 될 수 있을 거예요. 무슨 일이 있으면 말로 타일러주세요. 언젠가 아버지가 그 애에게 매를 들려고 한 적이 있었는데 일주일이나 앓아눕고 말았어요."

'내 처지와는 하늘과 땅 차이로군.' 쥘리앵은 생각했다. '부자들은 참으로 행복하기도 해.'

그때 그들의 말소리를 듣고 레날 씨가 서재에서 나왔다. 그는 권위적인 태도로 쥘리앵을 맞으며 말했다.

"자네가 품행이 반듯한 사람이라고 신부님이 말씀하시더군. 내 몇 가지 주의를 주겠네. 지금부터는 자네 가족이나 친구들과 오가는 일이 없었으면 좋겠네. 여기 첫 달치 봉급 36프랑이네. 그리고 이제 품위 있게 행동해야 해. 자, 이걸 입게. 이제 나하고 뒤랑 양복점으로 가지."

한 시간 후 쥘리앵은 멋진 신사가 되어 돌아왔다. 양복점에서 옷을 맞춘 후 기성복을 사 입고 돌아온 것이다. 쥘리앵은 자기 방에 웃옷을 벗어놓겠다며 들어갔다. 그사이 아이들이 달려와 레날 부인에게 이것저것 물어댔다.

쥘리앵이 다시 나타났다. 그는 딴사람이 된 것 같았다. 근엄해 보인다는 표현으로는 부족했다. 그는 아예 근엄의 화신 같았다. 부인이 아이들에게 그를 소개하자 그는 레날 씨조차 감탄할 만한 태도로 유창하게 아이들에게 자기를 소개했다.

"여러분, 나는 여러분에게 라틴어를 가르치려고 왔습니다. 앞으로 여러분에게 『성경』암송을 시킬 예정입니다. 여기 『성경』이 있습니다."

그는 검은 장정의 작은 『성경』을 내보였다.

"이것은 우리 주 예수 그리스도의 이야기로 『신약성경』이라고 부르는 책입니다. 앞으로 여러분에게 종종 암기를 시킬 건데, 그러기에 앞서 내가 암송 시범을 보이지요."

맏이 아돌프가 『성경』을 받아들자 그가 다시 말했다.

"아무 데나 펼치고 첫 문단 세 구절만 읽어줘요. 그러면 내가 나머지를 죽 외워 보일 테니까."

아돌프가 책을 펴들고 처음 두세 구절을 읽자 쥘리앵은 아주 일상적인 편한 말투로 그 쪽 전체를 좍 암송했다. 레날 씨는 '어때, 내가 잘 골랐지?'라며 뻐기는 태도로 부인을 바라보았다. 부인도 놀라서 눈을 동그랗게 떴다. 그 자리에서 쥘리앵은 아돌프가 짚어주는 대목 여덟 군데를 암송했다. 하인과 하녀들도 들어와 그 모습을 보고 모두 감탄했다.

일이 잘 돌아가려고 그랬는지 쥘리앵이 『성경』을 막힘없이 암송하고 있을 때 발르노 씨와 군수 샤르코 드 모지롱 씨가 들어왔다. 이 장면으로 인해 쥘리앵은 확고한 선생의 지위를 확보하게 되었다. 하인들도 그를 선생이라고 부를 수밖에 없게 된 것이다. 그날 저녁, 수많은 베리에르 사람들이 너나없이 그 비범한 선생을 보려고 레날 저택으로 몰려들었다.

이후 가정교사 쥘리앵의 처신은 나무랄 데가 없었다. 그가 집에 들어온 지 한 달도 되지 않아 레날 씨까지 그를 대하는 태도가 은근히 정중해졌다.

제3장 쥘리앵의 행복한 나날들

누군가의 마음에 상처를 주지 않고는
감동을 줄 수 없는 법이다.
_어느 현대인

아이들은 그를 몹시 따랐지만 그는 아이들에게 마음을 주지 않았다. 그는 냉정하고 공정하게 아이들을 대했으며, 감정을 드러내지도 않았다. 그런데도 아이들은 그를 좋아했다. 따분하던 집안 분위기를 어느 정도 활기 있게 만들어놓았다는 점만으로도 그는 좋은 가정교사였다.

하지만 그는 자신이 새롭게 발을 들여놓은 이 상류사회를 증오하고 역겹게 여겼다. 아마 그 사회 끝자리에 겨우 엉덩이 한 짝 걸쳐놓은 자신의 처지 때문인지도 몰랐다.

레날 부인에 대해서도 마찬가지였다. 그는 레날 부인이 무척 아름답다고 생각하면서도 그 아름다움 때문에 부인을 미

위했다. 이유는 간단했다. 여인의 아름다움이란 자신의 출세에 장애가 될 암초라고 생각한 것이다. 그는 부인과 이야기를 나눌 기회를 되도록 피했다.

레날 부인의 하녀 엘리자가 이 젊은 가정교사에게 반한 것은 당연한 일이었다. 레날 부인은 쥘리앵이 자주 엘리자와 이야기를 나눈다는 것을 눈치챘다. 알고 보니 쥘리앵의 속옷이 몇 벌 없었기 때문이었다. 그래서 자주 속옷을 세탁물로 내놓아야 했는데 바로 그 심부름을 엘리자가 했다. 쥘리앵이 그토록 가난한 줄 짐작도 못 하고 있던 레날 부인은 가슴이 아팠다. 부인은 쥘리앵에게 선물을 하고 싶었지만 수줍어서 그러지도 못했다. 그녀가 쥘리앵을 두고 처음으로 느낀 갈등이었다.

그녀는 쥘리앵에게 감탄했다. 가난한 처지에 어쩌면 저렇게 깔끔할 수 있을까! 그녀에게 쥘리앵은 순수하고 지적인 사람 그 자체였다. 순수함과 지적인 것이 주는 기쁨과 즐거움 그 자체였다.

겉보기에 레날 부인을 세상 물정 모르는 숙맥으로 오해할 수도 있다. 그녀는 인생 경험이라는 것을 해보지도 못했고 사람들과의 교제에도 관심이 없었다. 만일 그녀가 조금이라도 교육을 받았더라면 재기를 발휘해서 사람들의 이목을 끌었을 것이다. 하지만 그녀는 성심수녀회의 수녀들 틈에서 자랐다. 부인은 내성적이었으며 겸손했다. 또한 자신의 의사를 강하게 내세우는 적도 없었다. 하지만 그것은 바로 그녀의 고고한 기질에서 비롯된 것이었다. 그녀가 남편에게 다소곳한 모습을 보이는 것은 그에게 순종해서라기보다는 무관심해서였다. 쥘리앵이 이 집에 오기 전에 그녀는 오로지 자기 아이들에게만 관심을 쏟았다. 그 외에 그녀가 무언가에 몰두해본 경험은 성심수녀회에 있을 때 하느님을 열심히 경배한 것밖에 없었다.

그녀는 아이들 중 하나가 아프기라도 하면 아이가 죽기라도 한 것처럼 큰 충격을 받았다. 걱정을 혼자 견디기 어려워 남편에게 하소연한 적도 있었다. 그러면 남편은 아내의 근심은 아랑곳하지 않고 여자들의 어리석음에 대한 시시한 격언이나 주워섬겼다. 그녀는 그런 농담에 상처받았다. 그리고 그저 남자란 모두 자기 남편이나 발르노 씨 같을 거라고 생각해버렸다. 부인이 보기에 남자란 상스러운 존재였다. 돈이나 지위, 훈장이 걸린 문제가 아니면 아무 관심도 없고, 무슨 일이건 자신에게 조금이라도 거슬리면 마구 화를 내는 그런 존재였다. 고고한 그녀는 그들에게 적응할 수 없었다. 하지만 어쨌든 그들 가운데 살아야 했다.

시골뜨기 청년 쥘리앵이 부인 마음을 사로잡을 수 있던 것은 그 때문이었다. 쥘리앵이 보여주는 고상함, 그의 영혼이 지닌 자존심에 부인은 공감했다. 그가 보여주는 새로운 매력에서 부인은 감미로운 기쁨을 발견했다. 심지어 세상일에 대해 쥘리앵이 그토록 무지한 것조차 매력으로 느껴졌다. 그가 촌스럽고 투박한 행동을 해도 곧 용서했으며 자신이 다듬어주었다.

레날 부인은 젊은 가정교사의 가난을 생각하고는 가슴이 아파 종종 눈물을 흘리곤 했다. 어느 날 쥘리앵이 이런 부인을 보았다.

"저런, 부인, 혹시 뭔가 안 좋은 일이라도?"

"아무것도 아니에요, 몽 아미(mon ami, 내 친구). 아이들과 함께 산책이나 해요."

부인은 쥘리앵의 팔을 잡더니 스스럼없이 몸을 기대왔다. 부인이 그를 '몽 아미'라고 친근하게 부른 것은 이번이 처음이었다. 산책이 끝날 즈음 그녀가 얼굴을 붉히며 떠듬떠듬 말했다.

"제게 부유한 친척 아주머니가 한 분 계시는데…… 제가 그분의 유일한 상속인이에요. 제게 선물도 많이 주시곤 하는데…… 그런데…… 아이들 공부가…… 아주 많이 좋아졌고…… 놀랄 정도로요……. 그래서 작은 선물을 드리고 싶어서……. 그냥 감사의 표시로…… 그저 속옷을 살 수 있을 정도로요. 하지만……."

그녀가 말끝을 흐리자 쥘리앵이 물었다.

"하지만 뭐지요, 부인?"

"남편한테는 굳이 말씀하실 필요가……."

쥘리앵은 발걸음을 딱 멈추더니 몸을 꼿꼿이 세우고 대답했다.

"부인, 비록 제 처지가 보잘것없지만 저는 절대로 천한 인간이 아닙니다. 제가 받는 돈은 어떤 것이 되었건 레날 씨에게 조금도 감출 수 없습니다. 만일 그렇게 된다면 저는 하인만도 못한 존재입니다. 제가 이 집에 온 후 시장님은 제게 36프랑씩 다섯 번 주셨습니다. 제 금전출납부를 언제고 있는 그대로 보여드릴 수 있습니다."

쥘리앵이 이처럼 화를 내자 레날 부인의 얼굴이 창백해졌다. 하지만 호의를 거절한 쥘리앵에게 화가 난 것이 아니었다. 오히려 그에게 존경심을 느꼈고 감탄했다. 그리고 그에게 사과해야겠다고 생각하고 이후 더 정성을 쏟았다. 그리고 그에게 정성을 쏟으면서 행복했다.

어느 날 부인이 쥘리앵에게 함께 어디론가 가자고 했다. 한 번도 들어본 적이 없는 용감한 말투였다. 부인이 쥘리앵을 데려간 곳은 자유주의의 온상으로 악명 높은 베리에르의 서점이었다. 그곳에서 부인은 책을 200프랑어치나 샀다. 아이들에게 주겠다는 명목이었다. 하지만 쥘리앵이 그 책들을 읽고 싶어 한다는 것을 부인은 알고 있었다. 부인은 그 행동을 통해 쥘리앵을 향한 미안함을 갚으면서, 동시에 기쁨을 맛보았다.

서점에서 쥘리앵은 눈이 휘둥그레져서 서점 안을 가득 채운 많은 책을 둘러보았다. 제목만 보아도 온갖 세속적인 사상들이 판을 치고 있었다. 그는 가슴이 두근거렸다. 그는 레날 부인이 왜 자기에게 이런 호의를 베푸는지 그 마음을 읽는 데는 아무 관심이 없었다. 오로지 그 보물들을 어떻게 하면 더 많이 손에 넣을 수 있을까 궁리하기에 바빴다. 머리가 좋은 그는 금방 그 방법을 생각해낼 수 있었다.

역시 아이들이 수단이었다. 쥘리앵은 레날 씨에게 그 지방 출신 유력 인사들의 내력을 소개한 책들을 아이들에게 읽혀야 한다고 설득하기 시작했다. 한 달 동안 레날 씨를 설득한 결과 그는 목적을 달성해서 책 몇 권을 손에 넣을 수 있었다. 그러자 그는 좀 더 과감해졌다. 그는 시장에게 책을 예약 신청하자고 제안했다. 하지만 시장은 완강히 거절했다. 자유주의자의 주머니를 불려주는 사람 명단에 자신의 이름을 올리다니! 생각도 할 수 없는 일이었다. 쥘리앵은 그 문제도 해결했다. 하인의 이름으로 서점에 예약 구독 신청을 하자고 시장에게 제안한 것이다. 시장은 자코뱅 당원들에게 약점을 잡히지 않는 방법이라고 생각하고 쥘리앵의 제안을 받아들였다.

쥘리앵의 생활은 이렇게 자잘한 협상의 연속이었다. 머리가 좋은 쥘리앵은 이 협상에서 많은 경우 승리했다. 쥘리앵은 그 성공에 취해서 자신을 향한 부인의 호의를 읽어내는 데는 관심이 없었다.

쥘리앵과 레날 부인은 한 집에서 지내면서도 둘이 함께 있게 되면 묘한 침묵이 둘 사이에 흘렀다. 세상 물정에 어두운데다 아는 게 별로 없던 쥘리앵은 적당한 화제 거리를 찾을

Grande Séance aux Jacobins en janvier 1792, où l'on voit le grand effet intérieure
que fit l'annonce de la guerre par le Ministre Lnote à la suite de son grand
tour qu'il venoit de faire

「자코뱅 Jacobins」

1792년 1월 자코뱅 당원의 대규모 모임을 묘사한 작자 미상의 작품. 자코뱅(Jacobins) 또는 자코뱅 클럽
(Club des Jacobins)은 프랑스대혁명(1789~1799) 동안 가장 영향력 있는 정치 집단이었다. 처음에는 브
르타뉴 지방의 왕당파 반대자가 중심이었으나 점차 전국 규모의 공화파 운동으로 커져 당원이 50만 명을
넘어섰다. 다양한 분파로 구성되었는데, 의회주의인 산악파와 지롱드파가 모두 가담했다. 1792~1793
년 사이에 지롱드파가 중심이 되어 왕정을 무너뜨리고 공화정을 수립했다. 1793년 5월부터는 산악파의
로베스피에르가 권력을 잡고 공포정치를 실시했다. 그해 10월 21명의 지롱드파 지도자들을 시작으로 반
대파 1만 7,000명을 단두대에 올려 처형했다. 1794년 7월 로베스피에르 정권은 권력을 잃었고, 로베스피
에르와 21명의 협력자들 역시 단두대의 이슬로 사라졌다. 그해 11월 자코뱅은 해체되었다.

수 없었다. 그래서 둘이 있을 때면 쥘리앵은 당황하는 모습을 보였다. 자존심 때문이었다.

쥘리앵은 여인과 함께 있는 자리에서 대화가 끊어지면 그 것이 자신의 잘못인 양 굴욕감을 느꼈다. 그가 읽은 몇 권 안 되는 책과 그가 존경하는 퇴역 군의관의 이야기를 통해 배운 바에 의하면 상류사회의 남자란 여자와의 대화를 주도해야 했다. 그리고 영웅적이어야 했다. 상류사회의 남자와 여자에 대한 그의 상식은 그렇게 지극히 관념적이었고 비좁았다.

쥘리앵은 레날 부인과 단둘이 산책하는 시간이 고통스러웠다. 마음은 원대한데 떠오르는 말은 없었다. 둘 사이의 침묵이 창피하기만 했다. 그래서 그는 마치 고문이라도 받는 듯 뻣뻣하게 굳어버리기 일쑤였다. 그리고 억지로 무슨 말이라도 하면 우스꽝스럽기 짝이 없는 말만 튀어나왔다. 그러면 자기가 얼마나 어리석게 보일지 과장해서 자책하곤 했다.

하지만 그 순간 스스로 보지 못하는 게 있었다. 바로 자기 자신의 눈에 간간이 떠오르는 표정이었다. 그의 눈은 너무 아름다웠고 그 눈 속에는 강렬한 영혼이 빛나고 있었다. 무슨 말을 할까 고민하고 자책하던 쥘리앵이 잠시라도 방심하면 곧

바로 그의 눈은 본래의 빛을 찾았다. 어떻게든 멋진 표현을 구사해야겠다는 생각에서 벗어나는 짧은 순간, 그의 눈은 본래 지닌 생기를 되찾아 반짝였다. 이 집에 드나드는 손님들의 고리타분한 말과 눈길에 익숙해 있던 부인은 그 반짝임에서 달콤한 즐거움을 맛보았다.

레날 부인은 지금까지 연애를 해본 경험도 없었고 누군가 연애하는 걸 가까이서 본 적도 없었다. 신앙심 깊은 친척 아주머니의 유산을 물려받은 부유한 아가씨로서, 열여섯 살에 가문 좋은 귀족과 결혼했으니 그런 경험을 해보았을 리 없었다. 그녀는 자신의 고해 신부인 선량한 셸랑 신부한테서 연애란 단어를 들어본 적이 있었다. 신부는 부인에게 치근거리는 발르노 씨의 행동을 연애라고 말했었다. 이후 그녀는 연애란 것을 아주 천박하고 역겨운 것으로 생각하게 되었다. 그녀가 어쩌다 읽은 얼마 안 되는 소설에 나와 있는 연애는 예외적인 것이거나 연애 본래의 모습과는 다른 것이라고 생각했다. 이런 순진함 덕분에 레날 부인은 끊임없이 쥘리앵에게 자신의 마음이 기울고 그에게 사로잡히면서도, 또 거기서 커다란 행복을 맛보면서도 자신을 나무라거나 경계할 생각을 전혀 하지 못했다. 그녀에게 그것은 연애가 아니었다.

　본래 성격도 그런 데다가 쥘리앵에게 사로잡힐수록 행복했기에 그녀는 그에게 천사처럼 다정했다. 하지만 하녀 엘리자를 떠올리면 달라졌다. 이 처녀는 얼마간의 재산을 상속받자 셸랑 신부를 찾아가 쥘리앵과 결혼하고 싶다고 털어놓았다. 연 수입이 1,000프랑은 된다는 것이었다. 신부는 제자가 행운을 얻었다며 기뻐했지만 쥘리앵은 그럴듯한 변명을 늘어놓으며 단박에 거절했다. 셸랑 신부는 이런 쥘리앵에게서 지극히 세속적인 어떤 욕망을 발견했다. 그것은 젊은 수도자가 가슴에 품어야 할 불꽃과는 완전히 다른 것이었다.

　신부는 한숨을 쉬며 쥘리앵에게 말했다.

　"얘야, 네게는 성직자가 어울리는 것 같지 않구나. 소명감이 없는 것 같아. 그러니 차라리 교양 있는 신사가 되는 게 낫겠다."

　쥘리앵은 영리했다. 그는 누구나 영락없이 열성적인 신학생으로 여길 만한 말들을 그럴 듯하게 늘어놓으며 자신을 변호했다. 하지만 그의 말투, 불꽃이 일렁이는 그의 눈빛 때문에 신부는 마음을 놓을 수 없었다.

엘리자는 수시로 신부를 찾았고 그럴 때마다 눈에 눈물을 한가득 담고 돌아왔다. 괴로워하던 그녀는 결국 레날 부인에게 자신의 결혼 계획을 털어놓았다.

레날 부인은 자신이 병이 난 줄 알았다. 자신도 모르게 온몸에 열이 나서 잠을 이룰 수 없었다. 자리에 누우면 쥘리앵과 하녀의 모습이 떠올랐다. 둘이 결혼해서 행복하게 사는 모습이었다. 연 수입 1,000프랑이라는 얼마 안 되는 돈으로 겨우겨우 꾸려나갈 옹색한 작은 집이 더없이 매력적으로 상상되곤 했다. 그러면서 이런 혼자만의 생각에 잠기기도 했다.

'쥘리앵은 브레 시에서 변호사 일을 하게 되겠지. 베리에르에서 8킬로미터 밖에 떨어져 있지 않으니까 가끔 그를 볼 수 있을 거야.'

결국 그녀는 몸져눕고 말았다. 바로 그날 저녁 엘리자가 그녀를 찾아와 울면서 자신의 처지를 하소연했다. 신부님이 아무리 설득해도 쥘리앵의 고집을 꺾지 못했다는 것이었다. 목수 아들인 주제에 자기가 하녀라고 자기를 거절하다니 못된 사람이라고 쥘리앵에 대한 험담까지 늘어놓았다. 부인의 귀에 더는 하녀의 말이 들어오지 않았다. 그녀는 너무나 행복한 나머지 정신을 차릴 수 없을 지경이었다.

부인이 엘리자에게 말했다.

"내가 한 번 더 애써봐야겠다. 내가 쥘리앵 선생을 설득해 볼게."

다음 날 점심 식사가 끝난 후 레날 부인은 한 시간 동안이나 열심히 엘리자 편을 들며 쥘리앵을 설득했다. 쥘리앵의 한결같은 대답을 들으면서 부인은 한없이 기뻤다. 여러 날 동안 절망 속을 헤매던 부인의 마음속에 행복이 물밀 듯 밀려왔다. 혼자 있게 되자 부인 스스로도 놀랐다. 그리고 속으로 중얼거렸다.

'내가 쥘리앵을 사랑하고 있는 걸까?'

그 생각을 하면서 부인에게 찾아온 것은 자책감과는 거리가 멀었다. 부인은 혼란스러워하지도 않았다. 그저 신기하기만 할 뿐 자기와는 아무 상관 없는 무슨 구경거리처럼 여겨졌을 뿐이었다. 이전에 겪어보지 못한 감정의 소용돌이 속에서 진이 다 빠졌기에 자기 자신을 냉정히 돌아볼 기력이 없었기 때문이기도 했지만, 생전 처음 느껴보는 감정이 너무나 낯설어 자기의 감정인 것처럼 여겨지지 않았기 때문이었다. 그러다가 부인은 잠이 들었다.

다시 눈을 떴을 때도 죄책감은 생기지 않았다. 쥘리앵을 향한 자신의 마음에 대해 변명거리를 찾았기에 그런 것이 아니었다. 우선 부인의 행복감이 너무 컸다. 게다가 그녀는 너무 순진하고 순수했다. 그래서 그 행복감 속에 숨어 있는 불행이나 죄의 씨앗을 찾으려고 자신을 고문할 줄도 몰랐다. 심지어 그것이 사랑의 열정이라는 생각조차 할 줄 몰랐다.

레날 씨는 따뜻한 봄 날씨가 시작되면 곧바로 가족들과 함께 베르지에 있는 영지에 가서 지내곤 했다. 궁정 귀족 생활을 흉내 낸 것이었다. 무너진 옛 고딕 성당의 그림 같은 풍광이 바라다보이는 곳에 레날 씨는 오래된 별장을 하나 소유하고 있었다. 그 별장의 정원에는 회양목 울타리에 둘러싸인 산책로가 있었다. 그리고 그 근처에 있는 사과 과수원도 산책로로 이용할 수 있었으며 과수원 끝에는 우람한 호두나무가 열 그루 가까이 솟아 있었다.

그해 봄, 늘 보던 이 시골 풍경이 새롭게 느껴진 사람이 있었다. 레날 부인이었다. 부인은 그 풍경에 취해 황홀감까지 느꼈다. 감정이 활기를 띠자 생각도 과감해지고 결단력도 생겼다. 베르지에 도착한 지 이틀 후 레날 씨가 업무를 보기 위해 베리에르로 돌아가자마자 부인은 인부들을 불렀다. 과수원을 거쳐 호두나무 아래를 한 바퀴 도는 작은 길을 만들고 거기에 모래를 깐 것이다. 이 구상은 바로 쥘리앵의 머리에서 나온 것이었다. 레날 부인은 쥘리앵과 함께 인부들의 작업을 지켜보며 온종일 즐겁게 지냈다.

베리에르 시장은 시내에서 돌아와 새로운 산책로가 만들어진 것을 보고 깜짝 놀랐다. 그가 돌아온 것을 보고 레날 부인도 깜짝 놀랐다. 그녀는 남편의 존재를 까맣게 잊고 있었던 것이다. 시장은 그런 중요한 보수공사를 자기한테 물어보지도 않고 해치웠다고 두고두고 아내에게 언짢은 말을 했다. 하지만 그 비용이 전부 레날 부인에게서 나왔다는 사실 때문에 크게 화를 내지는 않았다.

레날 부인은 아이들과 나비를 잡으러 과수원을 뛰어다니면서 하루하루를 보냈다. 쥘리앵은 책에서 보고 배운 지식으로 나비들의 정식 명칭을 가르쳐주었다. 그들은 쥘리앵이 만든

곤충 채집함에 나비들을 핀으로 꽂았다. 레날 부인과 쥘리앵 사이에는 드디어 이야깃거리가 생겨난 것이다. 쥘리앵이 둘 사이의 침묵이라는 끔찍한 형벌을 받을 일은 이제 없어졌다. 비록 하잘것없는 것에 관한 것이긴 했지만 이제 두 사람은 아주 흥미롭게 그칠 줄 모르고 이야기를 나누게 되었다. 그와 함께 부인에게 아주 큰 변화가 찾아왔다. 하루에도 두세 번씩 옷을 갈아입게 된 것이다. 덕분에 일거리가 잔뜩 늘어난 엘리자는 베리에르에서 무도회가 열렸을 때도 부인이 이렇게 몸치장에 신경을 쓰지는 않았다고 투덜거렸다. 한 가지 더 은밀하게 말하자. 부인이 팔과 가슴을 과감히 드러내는 옷들을 골라 입었다는 사실이다. 그녀가 그곳에 머물면서 단 한 번 베리에르에 다녀온 것도 실은 새 여름옷들을 사기 위해서였다.

베리에르에 다녀오는 길에 부인은 한 젊은 부인을 베르지에 데리고 왔다. 예전에 성심수도원에서 함께 지낸 적이 있는 데르빌 부인이었다. 둘은 친척 사이였다. 결혼 후에도 레날 부인과 데르빌 부인은 전보다 더 친하게 지내는 사이였다. 오랜만에 레날 부인을 만난 데르빌 부인은 자신의 친척이 전보다 훨씬 더 행복해 보인다고 생각했다.

한편 쥘리앵도 베르지의 시골 생활이 즐거웠다. 마치 유년 시절로 되돌아간 듯 어린 제자들만큼 즐거워하며 나비를 뒤쫓아 뛰어다니곤 했다. 그동안 구속을 느끼면서 자질구레한 일에 머리를 굴리며 살다가, 사람들 시선에서 벗어나 거의 혼자 있는 것 같은 자유를 느꼈고 생의 기쁨을 느꼈다. 그에게 레날 부인은 없는 것과 마찬가지였다.

쥘리앵은 데르빌 부인에게 호감을 느꼈다. 그는 자주 두 부인을 새로 만든 산책로 끝의 호두나무 아래로 데리고 갔다. 그 자리에서 바라보는 풍경은 그야말로 절경이었다. 거기서 몇 걸음 더 가서 가파른 경사면을 올라가면 곧이어 떡갈나무 숲으로 둘러싸인 큰 절벽에 도달하게 된다. 그 절벽 아래는 거의 강까지 잇닿아 있었다. 쥘리앵은 자신의 안내로 그곳에 온 두 부인이 그 아름다운 경관에 감탄하는 모습을 보며 즐거워했다.

쥘리앵은 정말 행복했다. 폭군 같은 아버지의 욕설을 들으며 보았던 베리에르의 전원 풍경은 그에게 별로 아름답지 않았었다. 주위에 적이 없는 이런 경험은 그가 태어난 후 처음이었다. 거꾸로 세운 꽃병에 램프 불빛을 감추느라 애쓰면서 책을 읽을 필요도 없었다. 낮에는 아이들을 가르치다가 잠시 짬

이 나면 책을 들고 그 암벽을 찾아갔다. 그는 책 속에서 행복과 도취, 위안을 찾아내곤 했다.

무더위가 찾아왔다. 저녁에는 별장 옆에 서 있는 커다란 보리수나무 아래서 시간을 보내는 것이 일과가 되었다. 나무 그늘이 져서 어둠이 짙었다. 어느 날 쥘리앵이 손짓을 해가며 신나게 이야기를 하다가 그 손이 옆 의자 팔걸이에 걸치고 있던 레날 부인의 손을 스쳤다. 부인은 재빨리 손을 거두어들였다. 쥘리앵은 상처받았다. 쥘리앵은 자신의 손에 닿은 그 손이 달아나지 않게 만드는 것이 자신의 '의무'라고 생각했다. 그 의무를 완수하지 못하면 자신이 웃음거리가 될 것 같았고, 하찮은 존재로 여겨질 것 같았다. 쥘리앵은 그런 열등감은 견디지 못했다. 쥘리앵은 새로운 의무를 부여받은 셈이었고, 그 의무를 완수해야만 한다는 생각에 사로잡혔다. 그와 동시에, 이전까지의 모든 즐거움이 일시에 사라져버렸다.

제4장 사랑은 시작되고

짙은 열정이란 깊이 숨길수록 표시가 나기 마련이다.
마치 하늘의 어둠이 짙을수록
다가올 폭풍우가 사나우리라는 것을 알 수 있듯이.
_바이런,『돈 후안』, 제1편 제74절

다음 날 쥘리앵을 만난 레날 부인은 깜짝 놀랐다. 그의 눈길이 묘한 빛을 띠고 있었기 때문이다. 마치 전투를 앞두고 있는 적을 탐색하는 것 같은 눈길이었다. 전날과는 너무도 달라진 그의 눈길에 레날 부인은 심란해져 어쩔 줄 몰랐다. 그녀는 그가 왜 그렇게 화가 나 있는지 도무지 알 수 없었다.

쥘리앵은 아이들 수업을 짧게 끝냈다. 그리고 자신이 수행해야 할 의무를 다시 한 번 되새겼다. 오늘 저녁에는 무슨 일이 있더라도 부인의 손을 잡고야 말리라 결심했다. 해가 저물고 결전의 순간이 다가오자 쥘리앵의 가슴은 심하게 요동쳤다. 다행히 하늘에는 묵직한 구름이 잔뜩 끼어 있었다.

저녁이 되자 세 사람이 어제처럼 한자리에 앉았다. 레날 부인은 쥘리앵 옆에, 데르빌 부인은 친구 옆에 자리 잡았다. 쥘리앵은 이제부터 자신이 시도하려는 일에 정신이 팔려 말 한마디 꺼내지 못했다. 오가는 이야기가 점점 시들해졌다.

쥘리앵은 자기 자신에게 화가 났다. 내가 처음 결투를 하게 되었을 때도 이렇게 주눅 들어 있을 것인가? 자기 자신이 한심했다. 한편 그는 자신이 처한 상황이 고통스러웠다. 별안간 무슨 일이 생겨 레날 부인이 집 안으로 들어가야 할 일이 생기기를 간절히 원했다. 스스로를 다잡느라 쥘리앵의 목소리가 변했다. 의무감과 소심함 사이에 벌어지는 내부의 격렬한 싸움에 몰두해 있느라, 그는 자기 자신 외에는 그 어느 것도 돌아볼 여유가 없었다.

아무 일도 벌이지 못한 채 시간이 흘렀다. 9시 45분이 되자 쥘리앵은 속으로 결심했다. 그래 10시 종이 울리는 순간 일을 해치우고 말 거야! 그러지 못하면 방으로 올라가 총으로 머리를 쏴버리겠어!

이윽고 별장 벽시계가 10시를 알리기 시작했다. 열 번째 종소리가 아직 울리고 있을 때 마침내 그는 손을 뻗어 레날 부인의 손을 잡았다. 부인은 곧바로 손을 뒤로 뺐다. 쥘리앵은 자신이 무슨 행동을 하고 있는지 의식도 하지 못한 채, 다시 부인의 손을 잡았다. 그는 잡아 쥔 손에 힘을 주었다. 부인은 잡힌 손을 빼내려고 안간힘을 썼다. 하지만 결국 그 손은 쥘리앵의 손안에 붙잡힌 채 가만있을 수밖에 없게 되었다.

쥘리앵은 더없이 행복했다. 사랑하는 이의 손을 잡은 행복이 아니었다. 고통스러운 갈등에서 벗어났기 때문이었다. 그는 데르빌 부인이 눈치채지 못하도록 무슨 말이건 해야겠다고 생각했다. 그가 입을 열자 막아두었던 봇물이 터지듯 큰 목소리가 울렸다. 레날 부인도 무언가 말을 했지만 걷잡을 수 없는 감정이 고스란히 드러나 있었다.

데르빌 부인은 친구가 아픈 줄 알고 안으로 들어가자고 말했다. 순간 쥘리앵은 위기를 느꼈다. 아직 안 돼. 내가 하루 종일 겪은 고통에 비하면 너무 짧아. 쥘리앵은 부인의 손을 더 힘주어 꽉 잡았다.

몸을 반쯤 일으키던 부인이 다시 주저앉으며 꺼져가는 목소리로 말했다.

"몸이 좀 불편하긴 해, 그래도 바깥바람을 쐬는 게 낫겠어."

순간 쥘리앵은 승리를 확신했다. 그의 행복은 절정에 달했다. 그는 자연스럽게 대화를 이끌어 갔다. 그런 그가 두 여인에게 더없이 매력적인 남자로 비쳤다.

쥘리앵에게 손을 잡힌 레날 부인에게는 아무 생각도 들지 않았다. 그저 숨 쉬며 살아 있음을 느낄 뿐이었다. 그리고 더없이 행복했다. 부인은 울창한 보리수 가지 사이를 스치는 바람 소리와 간간이 떨어지기 시작하는 빗방울 소리에 감미롭게 귀를 기울였다.

그때 작은 사건이 하나 벌어졌다. 발치에 놓인 화분이 바람에 쓰러진 것이다. 레날 부인은 데르빌 부인을 도와 꽃병을 일으켜 세우려 했다. 그녀는 몸을 일으키면서 쥘리앵에게 잡힌 손을 빼내야 했다. 그녀는 다시 자리에 앉자 마치 당연한 일이라는 듯 스스럼없이 자신의 손을 쥘리앵에게 내맡겼다.

자정을 알리는 종소리가 울린 지도 한참이 되어서야 그들은 각자 방으로 들어갔다. 레날 부인은 사랑의 행복에 취해 앞뒤 돌아볼 겨를도 없었기에 자책감도 들지 않았다. 그녀는 행복에 겨워 잠을 이루지 못했다. 한편 쥘리앵은 하루 종일 자존

제4장 사랑은 시작되고

65

심과 소심함 사이에서 벌어진 전투를 치르느라 녹초가 되어 이내 잠에 곯아떨어졌다.

다음 날 아침, 자리에서 일어난 쥘리앵에게 레날 부인에 대한 생각은 잠시 스쳤다가 지나갔을 뿐이었다. 그는 자신에게 주어진 영웅적인 임무를 완수했다는 승리감에 젖어 있었다. 그는 그 더없이 흡족한 성취감에 젖어 있었다. 그는 오전 내내 방문을 걸어 잠그고 영웅의 무훈담을 읽었다.

점심시간을 알리는 종소리가 울리자 그는 가벼운 마음으로 방에서 나왔다. 그런데 그가 만난 것은 잔뜩 찌푸린 레날 시장의 얼굴이었다. 그는 두 시간 전에 베리에르에서 돌아와 있었다. 그는 아이들을 가르치지 않고 아침나절을 빈둥빈둥 보내 버린 쥘리앵에게 거침없이 불만을 쏟아냈다. 쥘리앵의 즐겁던 마음은 엉망이 되었다. 레날 부인과 데르빌 부인은 함께 산책로를 거닐면서 화가 난 쥘리앵을 달래느라 애를 써야만 했다. 레날 부인은 쥘리앵을 달래기 위해 그에게 말했다.

"바깥양반은 오늘 하루 종일 바쁠 거예요. 정원사와 하인을 데리고 온 집의 매트리스 속을 갈아 넣느라 바쁠 테니까요. 오늘 온 것도 그 일 때문이에요. 아침에는 2층 방들을 돌면서 속을 갈았고 이제 3층 방들을 돌 차례예요."

그 소리에 쥘리앵의 얼굴색이 확 바뀌었다. 그는 레날 부인의 팔을 붙잡고 구석으로 갔다. 데르빌 부인은 두 사람을 그냥 보고 있었다. 쥘리앵은 레날 부인에게 애원하는 투로 말했다.

"제발 저를 구해주세요. 부인만 저를 구할 수 있어요. 제 침대 매트리스 안에 손을 넣고 더듬어 보세요. 종이로 된 작은 검은색 액자가 있을 거예요. 그걸 몰래 갖다 주세요. 그리고 제발 거기 초상화를 보지 말아주세요. 부탁이에요."

부인은 그 액자가 쥘리앵의 애인 초상화라고 생각했다. 온몸에 힘이 쭉 빠졌다. 하지만 그녀는 쥘리앵을 도와야 한다는 일념으로 기운을 내서 3층으로 올라갔다. 그리고 남편 몰래 액자를 빼내 들고 방에서 나왔다.

부인은 그 액자가 두려웠다. 아, 쥘리앵은 사랑하고 있구나, 나는 지금 그가 사랑하는 여자의 초상화를 들고 있구나. 그녀는 응접실 의자에 주저앉았다. 그녀는 질투심 때문에 고통에 사로잡혔다. 쥘리앵이 들어왔다. 그는 고맙다는 말 한마디 없이 액자를 뺏어 들더니 자기 방으로 달려갔다. 그사이 레날 씨가 하인들과 함께 그의 방 침대 속을 갈고 간 것이었다. 쥘리앵은 종이로 만든 그 액자를 태워버렸다. 기진한 사람처럼 얼굴이 창백했다.

'나폴레옹의 초상화를 레날 시장이 발견했다면 어찌 되었을 것인가! 나는 나폴레옹을 증오한다고 공공연히 떠들고 다니지 않았는가? 골수 왕당파인데다 나한테 잔뜩 화까지 나 있는 그가 그 초상화를 발견했더라면! 게다가 그 뒤에는 내 손으로 글귀까지 끼적여놓았잖아. 날짜까지 적으면서 나폴레옹을 숭배하는 말을 써놓았으니! 내 평판은 완전히 땅에 떨어졌을 거야. 순식간에 모든 게 끝장이 났을 거야.'

종이 상자가 불에 타들어가는 것을 바라보며 쥘리앵은 남의 평판에 기대어 사는 자신의 삶이 한심하다는 생각에 툴툴거릴 수밖에 없었다.

한 시간 정도 지나자 쥘리앵은 피로감과 자기 연민 때문에 어느 정도 기분이 누그러졌다. 그는 레날 부인과 마주치자 그녀의 손을 잡고 어느 때보다 진심을 담아 입을 맞추었다. 부인은 기쁨으로 얼굴을 붉히면서도 질투심에 그를 밀어냈다. 아직 자존심이 상해 있던 쥘리앵은 완전히 분별력을 잃어버렸다. 그는 잡고 있던 부인의 손을 경멸하듯 내던지고 그 자리를 떠났다. 그에게는 레날 부인이 그저 돈 많은 여자로만 보일 뿐이었다.

정원을 어슬렁거리는 그를 그나마 달래준 것은 그가 귀여워하는 막내였다. 그가 그에게 다가와 정겨운 모습을 보인 것이다. 그는 '이 아이는 아직 나를 멸시하지 않는구나'라고 생각했다. 하지만 그런 식으로 스스로를 위안하는 자신이 더없이 나약한 놈이라고 자책했다.

별장의 방들을 빠짐없이 돌고 나서 레날 씨가 다시 아이들 방으로 왔다. 그가 불쑥 들어오자 넘치기 직전의 항아리에 물 한 방울을 더 떨어뜨린 것처럼 쥘리앵의 화가 폭발하고 말았다. 쥘리앵은 한달음에 레날 씨 앞으로 나서더니 몰아붙였다.

"시장님, 다른 가정교사였다면 저보다 더 잘 가르칠 수 있다고 생각하십니까? 어떻게 제가 아이들에게 소홀하다고 비난하실 수 있는 겁니까?"

쥘리앵의 돌발적인 행동에 더럭 겁을 먹었던 레날 씨는 이 애송이 시골뜨기가 이렇게 당돌하게 나오는 이유를 금방 눈치챘다. 그래, 어디선가 더 좋은 제안을 받은 거야. 그 잘난 체

하는 발르노가 아니면 누구겠어. 아니나 다를까 쥘리앵이 잇
달아 말했다.

"시장님 댁에 붙어 있지 않아도 전 살아갈 방도가 있습니다."

그 말에 레날 씨에게는 발르노의 집으로 들어간 쥘리앵의
모습이 생생하게 그려졌다. 그는 한숨을 내쉬며 쥘리앵에게
말했다. 엄청나게 고통스러운 수술을 앞둔 환자 같은 얼굴이
었다.

"좋아, 자네 요구를 들어주겠네. 마침 모레가 초하룻날이니
까 모레부터 매달 50프랑씩 주기로 하지."

쥘리앵은 너무 어이가 없어 웃음이 나올 지경이었다. 순식
간에 치솟았던 화가 가라앉았다. 그는 생각했다.

'이런 천박한 작자 같으니라고! 이런 자에게는 더 심하게
대해주는 건데……'

아이들은 입을 딱 벌리고 지켜보고 있다가 정원으로 뛰어
나가 어머니에게 모든 것을 고해바쳤다. 아이들이 나간 다음
에 쥘리앵이 레날 씨에게 말했다.

"셸랑 신부님께 고해해야 할 게 있습니다. 몇 시간만 자리
를 비우게 될 것을 미리 말씀드립니다."

'발르노 때문에 168프랑을 더 쓰게 생겼군.'

속으로 씁쓸하게 계산을 하고 있던 시장은 가식이 덕지덕지 묻어나오는 미소를 띠며 대답했다.

"얼마든지 그러게나, 쥘리앵 선생. 선생이 필요하다면 하루 종일 비워도 좋아. 아니, 내일까지라도 상관없네."

'녀석이 발르노에게 답해주러 가는구나.'

레날 씨는 생각했다.

쥘리앵은 집을 나와 홀로 숲으로 올라갔다. 그 숲속 길을 이용하면 베르지에서 베리에르로 넘어갈 수 있었다. 하지만 그는 셸랑 신부에게 갈 마음이 없었다. 신부 앞에 가서 또 한 번 위선을 떠는 것보다는 자신의 마음을 차분히 들여다보고 싶어졌다. 그 속에서 과연 무엇이 들끓고 있는지, 그 뒤얽힌 감정들을 하나하나 짚어보고 싶어졌다.

숲으로 접어들어 사람들의 시선에서 멀어지자 그는 중얼거렸다.

"나는 전투에서 승리했어. 승리한 거야."

승리라는 이 한 마디가 그에게 요술을 발휘했다. 비참하게만 여겨졌던 자신의 처지가 아름답게 변한 것이었다. 그러자 그의 마음이 편해졌다. 그는 다시 주위 숲의 아름다움에 마음을 빼앗겼다.

쥘리앵은 바위 그늘에서 잠시 숨을 돌린 후 다시 비탈을 올라갔다. 그리고 얼마 안 가 작은 오솔길로 접어들었다. 그 오솔길은 거대한 바위 꼭대기로 이어져 있었다. 그 높은 바위 위에 발을 딛고 서자 세상 모든 사람으로부터 벗어나 있다는 느낌이 들었다. 그러자 그의 얼굴에 미소가 떠올랐다. 그가 정신적으로 도달하고 싶은 곳은 바로 그렇게 드높은 경지였다.

높은 산악지대의 깨끗한 공기가 그의 마음을 가라앉혔고 즐거움까지 솟게 했다. 그리고 이 지상의 모든 부자, 모든 거만한 자의 표본인 베리에르 시장을 비웃었다. 하지만 곧 그를 잊었다. 일주일만 그를 보지 않게 된다면 그와 그의 별장, 그리고 집안사람들을 모두 잊어버릴 수 있을 것 같았다.

쥘리앵은 바위 위에 서서 8월의 태양이 작열하는 하늘을 향해 고개를 들었다. 저 아래 숲에서 매미 울음소리가 들려왔고 잠시 그 소리가 그치면 천지가 고요해졌다. 발아래로는 사방이 탁 트인 경치가 펼쳐져 있었다.

그때였다. 새매 한 마리가 하늘 높이 날아오르는 것이 보였다. 새매는 소리 없이 큰 원을 그리며 그의 머리 위를 맴돌았다. 쥘리앵의 눈은 자신도 모르게 새매의 움직임에 사로잡혔다. 마치 모든 것에 초연한 것 같으면서도 힘을 간직한 그 움직임! 그는 그런 힘이 탐났다. 그런 고독이 부러웠다. 쥘리앵에게는 새매의 움직임이 바로 나폴레옹의 운명 그것이었다.

'나도 언젠가 그런 운명에 도달할 수 있을 것인가?'

새매의 비상에서 그는 나폴레옹의 운명을 보았고, 그 운명과 자신의 운명을 동일시했다.

쥘리앵은 베리에르에 모습을 잠깐 드러낸 후에 베르지로 돌아왔다.

베르지로 돌아온 쥘리앵은 밤이 깊어서야 정원으로 내려갔다. 정원으로 들어서면서 그는 아름다운 두 부인 외에는 아무 생각도 않기로 마음먹었다. 그는 늘 앉던 레날 부인 옆자리에 앉았다. 곧 어둠이 짙어졌다. 하얀 손이 그의 곁 의자 팔걸이에 놓여 있었다. 그는 그 손을 잡으려 했다. 손 임자는 잠시 머뭇거리더니 그에게서 손을 빼냈다. 쥘리앵은 그냥 그러려니 하고 덤덤하게 받아들였다. 그때 레날 씨가 다가오는 소리가 들렸다.

  그가 정원으로 와서 자리를 잡고 앉자 쥘리앵에게 다시 투지가 생겼다. 그래, 신분과 재산을 등에 업고 온갖 위세를 부리는 이 자를 조롱해주는 거야. 그의 코앞에서 그 아내의 손을 내가 차지하는 거야. 한 번 그런 생각을 하자 다른 생각은 전혀 들어올 틈이 없었다.

  레날 씨는 정치에 대해 분개해서 떠들고 있었다. 쥘리앵은 그의 이야기가 역겨울 뿐이었다. 그는 그의 이야기를 듣는 둥 마는 둥 자신의 의자를 레날 부인 의자 바로 곁으로 끌어다 붙였다. 어두워서 그의 움직임은 아무에게도 보이지 않았다. 그는 부인의 소매 아래 드러난 그 아름다운 팔에 자신의 손을 바짝 갖다 붙였다. 마치 머리가 텅 비어버린 것 같았다. 그는 그 아름다운 팔에 입술을 갖다 댔다.

  레날 부인은 몸을 바르르 떨었다. 바로 몇 걸음 떨어진 곳에 남편이 있었다. 부인은 쥘리앵에게 황급히 한 손을 내주면서 그를 조금 떠밀어냈다. 레날 씨가 여전히 자코뱅파 인사들이 부자가 되어가는 것에 대해 욕설을 퍼붓는 사이, 쥘리앵은 자기에게 내맡겨진 손에 열정적인 키스를 퍼부었다. 적어도 레날 부인에게는 열정적으로 느껴졌다.

하지만 이 가엾은 여인은 하루 종일 더할 나위 없는 불행에 시달린 후였다. 자신도 모르게 연모하게 된 이 남자가 다른 여인을 사랑하고 있지 않은가! 그러면서 그녀는 스스로 깜짝 놀라기도 했다. 그러면서 혼자 오락가락하는 생각에 잠기곤 했다.

'어머! 내가 사랑에 빠졌나 봐. 내가 사랑을 하나 봐! 결혼한 여자인 내가 사랑에 빠지다니! 아, 이런 감정은 남편에게서는 한 번도 느껴본 적이 없어. 하지만 내가 무슨 감정을 느끼건 남편과는 상관없는 일이잖아. 그이는 자기 사업만 중요하게 생각하는 사람이야. 내가 이런 감정을 느낀다고 그이에게서 빼앗는 건 아무것도 없잖아.'

그녀는 한 번도 겪어보지 않은 열정으로 혼란에 빠졌다. 그러나 그 혼란은 혼탁하지 않았다. 그녀의 영혼은 순수했고 맑았을 뿐 그 어떤 위선이나 자기변명도 거기에는 없었다. 그녀의 생각이 옳은 것은 아니었지만 그녀는 자신이 잘못 생각하고 있다는 사실조차 몰랐다. 그녀가 그 어떤 두려움을 느꼈다면 그것은 그녀의 본능적인 덕성 때문이었다.

열정이 가득 담긴 입맞춤이었다. 이제껏 단 한 번도 받아본 적이 없는 그런 열기 띤 입맞춤을 받고서 부인은 모든 것을 다 잊고 사랑의 환희에 빠져들었다. 쥘리앵이 다른 사람을 사랑할지 모른다는 사실조차 잊어버렸다.

쥘리앵도 그녀의 손에 입맞춤을 하면서 자신의 야망도, 실천하기 어려운 계획들도 다 잊어버렸다. 태어나서 처음으로 그는 아름다움의 힘에 사로잡혔다. 그는 자신에게 내맡겨진 그 아름다운 손을 부드럽게 잡아 쥐면서 기쁨에 젖었다. 그는 자신의 성격과는 전혀 어울리지 않는 너무나 낯설고 모호한, 그러면서 동시에 달콤한 몽상에 빠져들어 갔다.

그러나 쥘리앵이 느낀 것은 순간적 쾌감이지 깊은 열정은 아니었다. 자신의 방으로 다시 들어오자마자 그는 조금 전의 기쁨을 잊었다. 좋아하는 책을 다시 펼쳐 들 수 있다는 기쁨이 그 기쁨을 대신했다. 그는 야심에 찬 스무 살의 젊은이였다. 그 나이의 젊은이는 세상에 나아가 어떻게 이름을 빛낼 것인가 궁리하느라 다른 일은 시시해 보이기 마련이다.

한편 레날 부인은 잠을 이룰 수 없었다. 이제야 비로소 진정으로 살아가게 되었다는 느낌이 들었다. 부인은 쥘리앵이 자신의 손을 뜨거운 키스로 뒤덮었을 때의 행복감을 되살리고 또 되살렸다.

그때 갑자기 간통이라는 무서운 말이 떠올랐다. 그리고 관능적인 사랑, 방탕과 연결된 온갖 역겨운 것들이 그녀의 상상을 점령했다. 그러자 지금까지 그렇게 아름답게 그려졌던 온갖 달콤하고 신성한 사랑의 이미지가 일시에 일그러졌다. 그녀는 자신이 경멸받아 마땅한 여자로 여겨졌다.

그녀는 끔찍이도 고통스러웠다. 이제까지 경험해본 적이 없는 행복을 맛보았건만 갑자기 생각하지도 않았던 불행 속으로 내던져진 것이다. 그 고통은 그녀에게는 너무나 낯선 것이어서 생각의 갈피를 잃고 혼란에 빠졌다. 게다가 그녀는 쥘리앵이 다른 여인을 사랑하고 있다는 무서운 생각에도 시달렸다.

밤새 고통에 시달리던 부인은 아침에 일어나자 결심했다. 쥘리앵의 얼굴을 다시 보게 되면 아주 냉정하게 대하겠다는 정숙한 결심이었다.

제5장 사랑은 그렇게 이루어지고

　　　　　　　　다음 날 쥘리앵은 아침 5시에 레날 시장을 만나서 사흘간의 휴가를 얻어냈다. 시장과의 전투에서 이긴 이상, 그 승리를 이용해야겠다는 야심만만한 결심을 하고 시장에게 휴가를 요구한 것이다. 그는 산속에 사는 친구 푸케를 만나고 오겠다고 했다.

　쥘리앵은 레날 부인에게 휴가를 얻었다는 말도 하지 않고 인사만 한 채 집을 나섰다. 부인은 망연자실해서 그가 멀어져 가는 것을 바라보았다. 그때 맏이가 달려와서 어머니를 껴안으며 말했다.

　"공부를 안 해도 돼요. 쥘리앵 선생님이 여행을 가신대요."

그 한 마디에 지난밤 번민 끝에 겨우 얻어낸 정숙한 결심은 무너지고 말았다. 사랑스러운 애인에게서 도망치느냐 아니냐의 문제가 그를 영영 잃을지도 모르는 문제로 바뀌어버린 것이다.

식탁에서 시장이 떠벌렸다.

"그 시골 풋내기가 누구에겐가 일자리를 제안받은 모양이야. 설사 발르노가 그 제안을 했다 하더라도 연봉 600프랑 소리를 들으면 기가 꺾일걸. 그 말을 듣고 사흘간 기다려달라는 기별이 그 촌뜨기에게 온 모양이지. 그러니 그 풋내기 선생이 내게 해줄 대답을 미루고 산으로 달아난 거야. 시건방진 하찮은 일꾼 나부랭이 눈치를 봐야 하는 세상이 되었으니, 이거 원!"

그 말을 들은 레날 부인은 충격을 받았다.

'남편은 자신이 쥘리앵에게 얼마나 큰 상처를 주었는지도 몰라. 남편 생각에는 쥘리앵이 이 집을 떠날 수도 있다는 거구나. 아, 이 일을 어쩌면 좋지? 다 끝장이야.'

그녀는 마음 놓고 울기라도 했으면 싶었다. 데르빌 부인이 이런저런 일을 물어도 대답조차 하기 싫었다. 그녀는 머리가 아프다는 핑계로 자리에 누웠다.

"여자들이란 늘 저렇다니까. 이 복잡한 기계는 늘 어딘가가 고장이거든." 레날 시장은 늘 입에 올리는 말을 농담이랍시고 던진 후 자리를 떴다.

레날 부인이 전혀 예기치 않던 새로운 고통에 빠져 있는 사이 쥘리앵은 산악지방의 더없이 아름다운 경치를 즐기며 유쾌하게 길을 가고 있었다. 그는 베르지 북쪽의 큰 산을 넘어야 했다. 가파른 오르막을 오르니 저 멀리 부르고뉴와 보졸레의 비옥한 평원이 눈앞에 펼쳐졌다. 좀 더 앞쪽으로는 두 강이 언덕들을 감아 돌며 남쪽으로 흘러가고 있었다. 이런 아름다움에는 마음을 닫고 있던 이 젊은 야심가도 이따금 발길을 멈추고 그 광활하고 웅장한 경치를 바라보지 않을 수 없었다.

마침내 산꼭대기에 도착했다. 그는 지름길을 통해 푸케가 사는 한적한 골짜기로 향했다. 하지만 서둘 필요는 없었다. 그는 산에서 하룻밤 지내기로 하고 바위 비탈 한가운데 뚫린 작은 동굴로 들어갔다. 그는 가만히 '나는 자유롭다'라고 속삭여보았다. 그러자 마음이 한껏 부풀었다.

동굴로 들어간 그는 두 손으로 턱을 괴고 들판을 내려다보며 공상에 빠져들었다. 전에 승리라는 단어가 그의 마음에 요술을 부렸듯이 이번에는 자유라는 단어가 같은 효과를 발휘했다. 그 말을 입 밖에 내는 것만으로도 그는 기쁨으로 가슴이 벅차올랐다. 이 동굴 속에서 보낸 하루가 그가 살아온 그 어느 때보다 행복했다. 그는 어둠 속에서 미래에 파리에서 그가 만나보게 될 것들을 그려보았다.

그는 우선 무척 아름다운 여인을 꿈꾸었다. 시골에서는 찾아볼 수 없는 고귀한 재능을 가진 여인! 열정을 다해 사랑하고 사랑받는다. 영광스러운 전쟁터로 가기 위해 그 여인과 잠시 헤어진다. 그래서 그 여인은 그를 더욱 사랑하게 된다. 그런 숭고한 사랑도 그에게는 하나의 기회였다. 이 시골 청년은 자신이 영웅적인 행동을 펼치지 못하는 것이 오직 기회를 만나지 못한 탓이라고 생각하고 있었다.

그는 한밤중에 동굴을 떠나 새벽 1시에 잠들어 있는 친구를 깨웠다. 푸케는 꽤나 못생긴 사내였지만 심성은 따뜻했다. 쥘리앵이 여기 오기까지의 그간의 사정을 친구에게 모두 이야기해주자 그가 말했다.

"다 그만두고 여기서 나랑 함께 지내자. 나하고 여기서 목재 장사를 하자고. 너는 레날 씨, 발르노 씨, 모지롱 군수, 셸랑 신부 같은 사람들과 가까이 지냈지? 그들 속셈을 잘 꿰뚫어 볼 수 있을 거야. 그러니 입찰을 쉽게 따낼 수 있겠지. 게다가 자네는 셈도 빠르잖아. 장부 계산도 자네가 맡아줘. 이 장사를 하면 꽤 큰돈을 벌 수 있어. 그런데 나 혼자는 눈에 빤히 보이는 큰 돈벌이를 놓치기 일쑤야. 다른 동업자를 구하자니 어디 믿을 수가 있어야 말이지. 나와 동업하면 몇 천 프랑을 쉽게 벌 수 있어."

푸케는 회계 장부를 넘기며 목재 장사가 얼마나 이윤이 많이 남는지 보여주었다. 푸케 생각에 쥘리앵은 먹물도 든 데다 성격도 과감해 이 장사에 썩 어울릴 것 같았다.

쥘리앵은 잠시 그의 제안에 솔깃하기도 했다. 이 산에서 몇 년 동안 몇 천 프랑 번 뒤 성직자건 군인이건 상황에 따라 사회에 진출해도 될 것 같았다. 하지만 그러다가 영영 여기 주저 앉을 수도 있다는 생각이 들어서 고개를 가로저었다. 여기서 어영부영하면서 육칠 년을 보내면 내 나이가 스물여덟 살이 되잖아. 그 나이에 나폴레옹 보나파르트는 벌써 어마어마한 업적을 이루었는데! 이 세상에 나아가 이름을 드높이자면 신성한 열정이 무엇보다 필요한데, 그때 가서도 내게 그런 열정이 여전히 남아 있으리라는 보장이 어디 있어?

다음 날 그는 아주 냉정한 표정을 지으며, 성직에 대한 소명 때문에 그의 제안을 받아들일 수 없다고 말했다. 푸케가 일 년에 4,000프랑의 소득을 보장해줄 수 있다, 그 돈이면 어느 신학대학교도 들어갈 수 있다며 친구를 설득했지만 소용이 없었다. 푸케는 그 좋은 제안을 거절한 친구가 좀 돌아버린 거라고 생각할 수밖에 없었다.

친구와 돌아오는 도중 쥘리앵은 다시 작은 동굴을 찾았다. 하지만 마음이 다시 평온해지지 않았다. 친구의 제안이 그를 흔들어놓은 것이다. 그는 갈등하고 있었다. 선과 악 사이에서 갈등한 것이 아니라 안락이 보장된 비속한 삶과 영웅적 꿈 사이에서 갈등하고 있었다.

마침내 그는 중얼거렸다.

'내게 확고한 의지가 없어서 흔들리는 거야.'

그를 가장 괴롭히는 것은 바로 자신에 대한 이러한 의심이었다.

'나는 위대한 인물이 될 재목이 아닌가 봐. 그러니까 밥벌이로 몇 년 보내고 나면 숭고한 열정이 다 사라지고 비범한

일을 못하리라고 겁을 내고 있는 거지.'

그는 자신에 대한 스스로의 의심 때문에 괴로웠다.

하지만 비록 그를 괴로움에 빠지게는 했어도 친구 푸케의 제안은 그를 한결 여유 있게 만들어주었다. 그와 동업해서 돈을 벌 수 있다는 것! 그 가능성이 그에게 기댈 구석이 되어준 것이다. 예전에는 자신이 남들에게 가난하고 비천하게 보이리라는 날 선 자격지심 때문에 분별력을 잃곤 했는데, 이제는 그럴 일이 없었다. 이제는 제법 여유 있게 궁핍과 물질적 여유에 대해 초연할 수 있게 되었고, 치우치지 않은 판단력도 갖게 되었다. 그는 스스로도 그 짧은 여행을 통해 자신이 달라졌음을 어느 정도 감지할 수 있었다,

쥘리앵이 떠나 있는 동안 레날 부인에게는 살아 있다는 것 자체가 고통스러움의 연속이었다. 그녀는 정말로 병이 나고 말았다.

쥘리앵이 다시 돌아온 날, 데르빌 부인은 친구가 살이 비치는 스타킹과 파리에서 주문해온 작고 예쁜 구두를 신고 있는 것을 보고 놀랐다. 옷차림이 너무 수수해서 늘 레날 씨에게 핀

잔을 들던 친구였다. 그런데 쥘리앵이 돌아오기 사흘 전부터 부인은 얇고 고운 최신 유행 옷감을 주문해서 여름옷 한 벌을 짓는데 모든 시간을 보냈다. 그 옷은 쥘리앵 도착 시간보다 조금 늦게 간발의 차이로 완성되었다.

친구의 모습을 보고 데르빌 부인은 그간의 의문이 모두 풀리는 것 같았다. 친구가 보이는 증상들의 원인이 무엇인지 다 알 수 있는 것 같았다. 그녀는 마음속으로 중얼거렸다.

'사랑을 하고 있구나, 가엾어라!'

셋은 전처럼 정원에 앉았다. 친구가 쥘리앵에게 말을 건네는 모습이 데르빌 부인의 눈에 들어왔다. 친구의 얼굴이 발그레 달아올랐다가 곧이어 창백해지곤 했다. 무언가 속에 꼭 물어보고 싶은 말이 있는 것 같았다. 마침내 그녀가 떨리는 목소리로 그에게 물었다. 그 목소리에는 열정이 가득 배어 있었다.

"아이들을 버리고 다른 데로 가시는 건 아니지요?"

쥘리앵은 그녀의 떨리는 목소리와 눈길에 적이 당황했다. 이 여자는 나를 사랑하고 있어, 하고 그는 생각했다. 하지만 금방 귀족으로서의 자존심을 되찾겠지.

그는 정중하게 대답했다.

"그처럼 사랑스럽고 또 그처럼 귀하게 태어난 아드님들과 헤어진다면 너무나 가슴이 아프겠지만 어쩌면 그래야 할지도 모르겠습니다. 스스로 지고 있는 의무도 생각해야 하니까요."

그는 '귀하게 태어난'이라는 표현을 쓰면서 일종의 반감을 느꼈다. '이 여자의 눈에는 내가 귀하게 태어나지 못한 걸로 비치겠지'라고 그는 생각했다.

쥘리앵은 부인의 새 옷이 예쁘다고 칭찬했다. 그 칭찬에 기운을 얻은 부인은 정원을 한 바퀴 돌자고 청했다. 그러나 얼마 안 가서 걸음을 옮길 수조차 없게 되었다. 쥘리앵의 팔을 잡자 그 팔에 닿은 느낌만으로도 온몸의 맥이 탁 풀려버린 것이었다. 그들은 다시 의자에 앉았다.

어둠이 내렸다. 쥘리앵은 그녀의 팔을 입술에 갖다 댔고, 이어서 그녀의 손을 잡아 쥐었다. 하지만 그의 머릿속에 레날 부인은 없었다. 부인의 아름다움, 우아한 자태, 신선한 매력에도 거의 무감각했다. 이전까지 그는 운명으로 부여받은 자신의 처지에 대해서만 화를 냈었다. 하지만 푸케의 제안을 들은 이후 자기 자신에 대해서 화가 났다. 간혹 건성으로 두 부인에게 말을 건네면서도 그는 온통 자기 생각에 빠져 있었다.

자기 생각에 빠져 있던 그는 자신도 모르게 부인의 손을 놓아버렸다. 이 가엾은 여인은 마음이 무너져 내렸다. 자신의 운명을 예고해주는 것 같았다. 쥘리앵을 영영 잃을지도 모른다는 두려움에 떨고 있던 그녀는 의자 팔걸이에 무심히 놓여 있던 쥘리앵의 손을 다시 찾아 부여잡고 말았다.

쥘리앵은 정신이 번쩍 들었다. 모든 거만한 귀족 나리들에게 이 장면을 보여주고 싶었다.

그는 생각했다.

'이 여자는 나를 업신여길 수 없게 되었어. 이런 경우라면 나는 이 여자의 아름다움에 빠져들어야 해. 이 여자의 애인이 되는 게 내 의무야.'

마음을 정하고 나자 우울하던 기분이 풀렸다. 그는 계속 생각했다.

'전에는 내가 손을 잡으니까 잡아 뺐었어. 그런데 오늘은 내가 손을 뺐는데도 내 손을 이렇게 꼭 쥐고 있어. 좋아, 이 여자가 내게 품었던 경멸의 감정을 고스란히 되돌려 줘야지. 이 여자 애인이 몇 명이건 나와는 상관없는 일이야. 나와는 밀회 나눌 기회도 많고, 그러기도 쉬우니까 나를 애인으로 삼겠다

고 작정한 모양이군.'

쥘리앵은 레날 부인에게 잡힌 손을 또다시 빼냈다가는 잠시 후 다시 부인의 손을 잡아 쥐고 지그시 힘을 주었다. 자정 무렵, 자리에서 일어나 거실로 들어가면서 레날 부인이 낮은 목소리로 그에게 물었다.

"정말 우리를 버리고 떠날 건가요?"

쥘리앵은 짐짓 한숨을 내쉬며 대답했다.

"그래야만 할 것 같습니다. 부인을 뜨겁게 사모하니까요. 이건 죄이지요. 더구나 젊은 성직자에게는 얼마나 큰 죄인 지!"

레날 부인은 자신을 내던지듯 쥘리앵의 팔에 매달렸다. 두 사람의 몸이 바짝 붙는 바람에 부인의 뺨은 금방이라도 쥘리 앵의 달아오른 뺨에 스칠 듯했다.

그날 밤, 레날 부인은 더없이 고양된 정신적 기쁨에 취해 있었다. 소설조차 읽은 적이 없는 레날 부인은 자신에게 다가온 행복에서 이전에 단 한 번도 맛보지 못하던 새로운 것을 느꼈다. 그녀가 처해 있는 현실도, 무서울 수 있는 미래도 그녀의 마음을 식히지 못했다. 아무리 세월이 흘러도 지금 이 순간의 행복이 계속될 것만 같았다. 며칠 전만 해도 그녀를 고통스럽게 했던 정숙함이라는 단어도 아무 의미가 없어 보였으며 남편에게 충실하고자 했던 맹세도 하찮게 여겨졌다. 부인은 귀찮은 손님을 쫓듯 그런 생각들은 쫓아버렸다.

그런 가운데도 그녀는 순수한 행복에 젖어 마음속으로 속삭였다.

'나는 쥘리앵에게 아무것도 허락하지 않을 거야. 전에도 그랬듯이 앞으로도 이렇게 지낼 거야. 그는 내 친구인걸.'

쥘리앵은 여전히 푸케의 제안으로 흔들리고 있었다. 그리고 그렇게 흔들리는 자신을 한탄했다.

'아, 나는 아무래도 기개가 없는 놈인가 봐. 나폴레옹 군대에 들어갔다 해도 졸병 노릇이나 했을 거야.'

그런 생각 끝에 그는 내뱉었다.

"그래 이럴 땐 기분전환이 필요해. 이 집 안주인과 벌이는 시시한 사랑놀이가 잠시 내 기분을 달래줄 수 있겠지."

하지만 사랑놀이가 되었건 뭐가 되었건 그 어떤 것이든 우연이나 즉흥적인 생각에 일을 맡겨버리는 것은 그의 자존심이 허락하지 않았다. 치밀한 계획을 세우고 실행하는 것이 그의 자존심에 걸맞은 행동이었다. 그는 푸케에게서 얼핏 얻어들은 연애담과 『성경』에서 이리저리 건져 올린 사랑 이야기를 토대로 아주 세밀한 작전 계획을 세웠다. 스스로 인정하지는 않았지만 내심 무척 긴장했다. 겉으로는 여자를 다루는 데 아주 능숙한 바람둥이인 척했지만 속으로는 숙맥이었다. 그는 위대한 과업을 앞둔 장군처럼 작전 계획을 수립하고 그것을 종이에 쓰며 점검해보기까지 했다. 그것이 바로 그가 숙맥이라는 증거가 아니고 무엇이겠는가?

다음 날 오전 쥘리앵은 거실에 부인과 단둘이 있게 되었을 때였다. 부인이 그에게 엉뚱한 질문을 했다.

"쥘리앵 말고 딴 이름으로 불릴 때는 없나요?"

그의 작전 계획에는 없는 질문이었다. 미리 계획을 짜놓는 어리석은 짓을 하지 않았다면 쥘리앵은 재치 있게 대답할 수 있었을 것이었다. 하지만 그는 어색한 태도만 보이며 우물쭈물했을 뿐이었다. 쥘리앵은 기분이 상했다.

쥘리앵은 실수를 만회하겠다는 생각에 방을 옮겨가는 순간을 틈타 레날 부인의 손에 입을 맞추었다. 그것이 꼭 해야만 하는 의무라고 그는 생각했다. 부인은 질겁했다. 남들에게 들키면 어쩌려고! 그녀는 언짢아졌다. 쥘리앵의 그런 주책없는 행동에 자기에게 추근거리는 징그러운 발르노 씨가 떠오를 정도였다.

'저 사람 나와 단둘이 있으면 무슨 짓을 저지를지 몰라.'

부인은 생각했다. 사랑이 몸을 사리고 물러나자 정숙함이 다시 앞으로 나서 제자리를 잡았다.

쥘리앵에게는 정말로 지루하면서도 힘든 하루였다. 그는 온종일 부인을 유혹한다는 계획을 실천하며 보냈다. 하는 짓은 대담했지만 의식적인 사랑 표시가 자연스러울 리 없었고 서툴기 짝이 없었다. 레날 부인은 그가 그처럼 서툴면서도 또한 그처럼 대담한 것을 보고 놀랐다. 심지어 시뻘건 대낮에 데르빌 부인과 함께 거실에 앉아 자신의 투박한 구둣발로 부인의 발을 지그시 누르기도 했다. 그가 생각해 낸 유혹의 방법이란 게 고작 그런 정도였다.

레날 부인은 기겁을 했다. 그리고 틈을 내서 쥘리앵에게 경고했다.

"조심해요. 내 말을 새겨들어요."

쥘리앵은 자신이 서툴렀다는 것을 속으로 인정했다. 쥘리앵은 연애 한 번 해본 적이 없으면서도 바람둥이 돈 후안 노릇을 하려다가 온종일 어처구니없는 일만 죽도록 되풀이했다.

밤이 되자 그는 자기 자신에 대해서도, 또 레날 부인에 대해서도 지긋지긋해졌다. 또한 정원에서 부인 옆에 앉는 게 두려워졌다. 그는 레날 씨에게 베리에르에 가서 신부를 만나고 오겠다고 말하고 집을 나섰다.

쥘리앵이 셸랑 신부를 만나보니 신부는 이삿짐을 꾸리고 있었다. 아페르 씨가 감옥과 병원, 빈민 수용소를 둘러볼 수 있게 해준 일로 결국 면직당한 것이었다. 그의 주 신부 자리는 젊은 보좌 신부인 마슬롱이 이어받았다. 쥘리앵은 신부의 짐 싸는 일을 도우면서 푸케에게 편지를 하겠다고 생각했다. 이런 부당한 일을 목격하고 보니 성직에 발을 들여놓지 않는 게 영혼을 구원받는 길일 수도 있다는 생각이 들었다고 쓸 심산이었다.

그는 밤늦게 베르지의 별장으로 돌아왔다.

다음 날도 쥘리앵은 하루 종일 얼굴을 잔뜩 찌푸리고 지냈다. 그러다 저녁 무렵 우스꽝스러운 생각이 하나 떠올랐다. 푸케가 들려준 연애담에서 영감을 얻은 것이었다. 그는 머리에 떠오른 그 생각을 대담무쌍하게 실천했다.

정원에 막 자리를 잡고 앉을 때였다. 어둠이 채 무르익기도 전이었다. 쥘리앵은 레날 부인의 귀에 대고 속삭였다. 부인이 얼마나 끔찍한 어려움에 처하게 될지는 안중에도 없었다.

"부인, 오늘 새벽 2시에 부인의 방으로 가겠습니다. 드릴 말씀이 있어요."

쥘리앵은 내심 부인이 자신의 요구를 매몰차게 거절하기를 바라고 있었다. 그 말을 하면서도 부인이 덥석 자기 요구를 받아들이면 어쩌나 두려움이 앞섰다. 유혹자라는 것은 그에게 정말 걸맞지 않은 역할이었다. 차라리 끔찍한 짐이라고 하는 게 옳았다. 전날 처절한 실패를 맛보았으니, 자신의 기질대로라면 한 며칠간 자기 방에 틀어박혀 부인들을 만나지 않고 지냈을 것이다. 하지만 전투에서 물러나면 안 된다는 맹목적 의무감이 그를 스스로 막다른 골목으로 내몰았다.

레날 부인은 쥘리앵의 이 대담한 말에 정말로, 아무 꾸밈없이 솔직한 마음 그대로 화를 냈다. 쥘리앵은 부인의 짧막한 대답에서 경멸감을 읽을 수 있었다. 쥘리앵은 이제 상황이 거의 절망적이라는 것을 알고 당황했다. 하지만 그녀가 그 유혹을 받아들였더라도 그는 승리감에 젖기는커녕, 이 노릇을 어쩌나 낭패감에 시달렸으리라.

자정이 되어 작별 인사를 할 때 쥘리앵은 그가 생애 처음으로 세운 작전 계획이 보기 좋게 실패한 것에 대해 절망에 빠져 있었다. 자존심에 상처를 입은 것이다. 자리에 누워서도 쥘리앵은 자존심이 상해 잠이 오지 않았다. 그렇다고 계획을 포기할 생각은 전혀 들지 않았다. 유혹자의 역할을 집어치우고 레날 부인과 그냥 하루하루 행복하게 지낼 생각은 조금도 없었다. 좌절감을 안고 지낸다는 건 그에겐 끔찍한 일이었다.

그는 머리를 굴려 치밀한 계략을 짜느라 골몰했다. 하지만 일단 계략을 세우고 나면 금세 그것이 어리석게만 보였다. 한마디로 그는 너무 불행했다. 그때 별장 벽시계가 2시를 알렸다. 닭 우는 소리에 베드로가 정신이 번쩍 든 것처럼 그는 정신이 번쩍 들었다. 끔찍한 고역을 해치워야 할 시간이 온 것이다.

그는 몸을 일으키며 생각했다.

'나는 2시에 그녀의 방으로 가겠다고 말했어. 나는 미숙하고 거칠지는 몰라. 시골 무지렁이 자식이니까. 그걸로 비난받

는 건 괜찮아. 하지만 적어도 약한 꼴은 보이고 싶지 않아.'

그는 정말로 스스로 자랑스러워할 만한 용기를 낸 셈이었다. 그는 이제까지 스스로 부과해온 그 어떤 과제보다 고통스러운 과제를 수행하러 나선 것이다. 방문을 열고 나가면서 그는 벽에 몸을 기대야만 했다. 너무나 떨려서 무릎이 몸을 지탱할 수 없었기 때문이었다.

그는 레날 씨 방문 앞으로 가서 귀를 대 보았다. 코 고는 소리가 들려왔다. 실망감이 밀려왔다. 과업을 그만둘 구실이 사라진 것이다. 하지만 맙소사, 그녀의 방에 가서 도대체 뭘 하자는 것인가? 그에게는 아무 계획도 없었다. 설령 무슨 계획이 있다하더라도 이렇게 쿵쾅거리는 가슴으로 그것을 어찌 차분하게 실천할 수 있단 말인가!

어찌 되었건 그는 레날 부인의 침실로 통하는 작은 복도로 들어섰다. 죽음을 향해 걸어가는 사형수라도 이보다 고통스럽지는 않았을 것이다. 그는 떨리는 손으로 문을 열었다.

그런데 방 안이 어둠에 휩싸여 있을 것이라는 그의 예상과는 달리 벽난로 아래 등잔불이 밝혀져 있었다. 낭패도 이만저만이 아니었다. 정말로 예기치 못했던 불운이었다. 그가 들어오는 것을 본 레날 부인은 소스라치게 놀라며 뒤로 몸을 빼며 "나쁜 사람!"이라고 소리쳤다.

한동안 두 사람 다 어찌할 바를 모르고 머뭇거리고 있을 뿐이었다. 쥘리앵에게 이제 계획 따위는 없었다. 그 앞에는 매혹적인 여인이 있었다. 이토록 매혹적인 여인에게 거절을 당한다는 것은 견디기 어려운 불행일 것만 같았다. 그는 아무 말 없이 바닥에 몸을 내던졌다. 그리고 부인의 무릎을 두 팔로 감싸 안았다. 부인은 이게 뭐하는 짓이냐며 서릿발 같은 질책을 퍼부었고 그는 눈물을 쏟고 말았다.

그로부터 몇 시간 후 쥘리앵은 레날 부인의 방을 나왔다. 더 이상 바랄 게 없는 심정이었다. 그가 부인의 마음에 이미 사랑을 불러일으켜놓았고 그도 예상치 못하게 부인의 아름다움에 매혹당했기에, 그는 서툰 유혹의 기술로는 엄두도 못 낼 승리를 쟁취한 것이다.

하지만 바로 그 승리가 문제였다. 그는 더없이 감미로운 순간에도 그 행복을 제대로 맛보지 못했다. 그는 이상한 자존심에 사로잡혀 여자들을 정복하는 데 이골이 난 사내의 역할을 연기하려 했다. 그리고 의무를 수행해야 한다는 생각이 한 순간도 그의 뇌리에서 떠나지 않았다. 그를 남들보다 뛰어나게 만들어주는 바로 그 기질 때문에 그는 바로 눈앞에 있는 행복을 맛보지 못하고 있었다. 있는 그대로도 더없이 아름다운 열여섯 살 처녀가 무도회에 가기 전에 볼에 연지를 잔뜩 찍어 바른 것과 마찬가지 꼴이었다.

쥘리앵이 방에 들어서자 기겁하며 놀랐던 레날 부인은 곧바로 두려움에 사로잡혔다. 그러나 쥘리앵의 절망과 눈물이 곧 그녀를 흔들었다. 그러나 그녀는 정말로 화가 나서 쥘리앵을 떠다 밀었다. 그러나 다음 순간 또다시 그의 품에 몸을 내던졌다. 부인의 이 모든 행동에 미리 세워둔 계획 같은 것은 없었다. 부인은 자신이 용서받을 수 없는 죄를 짓는다고 생각했고 눈앞에 보이는 지옥을 잊으려고 쥘리앵에게 미친 듯 뜨거운 애무를 퍼부었다. 우리의 주인공이 진정한 행복을 누릴 줄 알았다면 자신이 정복한 여인의 뜨거운 반응에서 더없는 행복을 맛보았을 것이다. 쥘리앵이 방을 나간 후에도 부인은 자신도 어쩌지 못하는 황홀감에 취했고, 한편으로는 가슴을 찢는 후회와 싸워야 했다.

하지만 쥘리앵은? 그가 자기 방으로 들어서면서 제일 먼저 떠올린 생각은 이런 것이었다.

'맙소사! 겨우 이거야? 이런 게 행복이야? 사랑받는다는 게 고작 이거야?'

간절히 원하던 것을 막상 손에 넣었을 때, 그것이 성취되었을 때 느끼는 허망감이 찾아온 것이다. 그리고 그것은 당연했다. 그는 레날 부인을 향한 사랑을 쟁취한 것이 아니라, 사랑이라는 작전 계획을 완수했을 뿐이었으니. 잠시 놀라움과 허망함, 불안감에 빠져 있던 그는 곧 정신을 수습하고 자신의 행동을 하나하나 점검했다.

'내가 해야 할 일을 빠뜨린 것은 없겠지. 내가 제대로 역할을 수행했겠지.'

무슨 역할? 여자를 능숙하게 다룰 줄 아는 바람둥이 역할, 바로 그것이었다.

하지만 부인은 달랐다. 그녀에게 쥘리앵은 단번에 이 세상 모든 것이 되어버렸다.

그런데 식사 자리에서 만난 쥘리앵은 흠잡을 데 없이 신중했다. 그런 일에 능란한 남자처럼 보여야 한다는 생각에 작은 행동 하나하나 끊임없이 주의를 기울였던 것이다.

부인은 그를 쳐다 볼 때마다 눈언저리까지 발개지곤 했다. 그리고 그걸 감추려다 더 당황하곤 했다. 레날 부인은 처음에는 쥘리앵의 신중함에 감탄했다. 그러나 곧이어 그가 자신에게 단 한 번도 눈길을 주지 않자 걱정이 되기 시작했다.

'나를 더는 사랑하지 않는 걸까? 저 사람에게는 내가 나이가 너무 많아. 열 살이나 연상인걸.'

식사를 마치고 정원으로 나가는 중에 부인은 쥘리앵의 손을 꼭 거머쥐었다. 쥘리앵은 이런 적극적인 애정 표현에 놀랐다. 그는 열정이 가득 담긴 눈으로 그녀를 바라보았다. 레날 시장은 아무 눈치도 채지 못했지만 데르빌 부인은 그렇지 않았다. 그녀는 레날 부인이 유혹에 넘어가기 직전이라고 생각했다. 그날 하루 종일 그녀는 친구에게 시시콜콜 충고했다.

레날 부인은 쥘리앵과 단둘이 있고 싶어 애가 달았다. 아직 자기를 사랑하는지 물어보고 싶었다. 그녀는 다정한 본래의 성격에도 불구하고, 충고하는 친구에게 노골적으로 귀찮다는 표정을 내보였다. 저녁이 되자 셋은 다시 정원에 나가 자리에 앉았다. 데르빌 부인은 시치미를 뚝 떼고 레날 부인과 쥘리앵

사이에 앉았다. 쥘리앵의 손을 잡고 그 손에 입 맞추려던 레날 부인의 달콤한 기대는 깨졌다.

밤이 되자 부인은 안절부절못했다. 복도를 서성이다 쥘리앵의 방문 앞에 와서 귀를 대보기도 했다. 오늘 밤 그가 오지 않으면 어쩌지, 그녀의 생각은 오로지 그것뿐이었다.

하지만 기우였다. 쥘리앵은 자기가 의무라고 생각한 것에 충실했다. 1시 종이 울리자 그는 레날 씨가 깊이 잠든 것을 확인한 후에 부인의 방으로 갔다. 그날 밤 그는 연인 곁에서 더 큰 행복을 맛볼 수 있었다. 맡은 역할을 수행해야 한다는 의무감을 어느 정도 덜어낼 수 있었던 덕분이었다. 더욱이 부인이 자주 "아, 나는 당신보다 열 살이나 많은걸. 그런데 어떻게 당신이 날 사랑할 수 있겠어?"라고 탄식했기에 그의 자신감은 더 커졌다. 그리고 자기가 가소롭게 보이지 않을까 하는 걱정을 거의 접을 수 있었다.

이제 쥘리앵은 관능의 쾌락에 몸을 내맡길 수 있었다. 수줍은 부인은 그런 쥘리앵을 보면서 차츰 마음을 놓았다. 쥘리앵은 불과 며칠 만에 그 나이답게 정신없이 연애에 빠졌다.

'부인 마음씨가 천사 같다는 건 인정해야 해. 게다가 그 누

구보다 아름다워.'

그는 자신이 연기해야 할 역할에 대해서는 더는 생각하지 않았다. 자신의 불안감을 부인에게 털어놓기까지 했다. 그가 마음을 털어놓자 부인은 그가 따로 사랑하는 여인을 감추어 둔 게 아니라는 생각이 들었다. 그녀는 용감하게 초상화에 대해 물어보았다. 쥘리앵은 어떤 남자의 초상화라고 맹세하며 말했다. 부인은 자기가 이런 행복을 맛보게 된 것이 너무 놀라웠다.

'아, 10년 전에 쥘리앵을 만났더라면! 그때는 나도 예쁘다는 소리를 많이 들었는데.'

부인은 생각하곤 했다.

하지만 쥘리앵의 사랑은 그런 것과는 거리가 멀었다. 그의 사랑은 여전히 야심에서 나온 것이었다. 가난하고 구박 덩어리인 자신이 그처럼 지체 높은 여인을 차지했다는 기쁨, 그것이 그의 사랑이었다. 연인의 높은 지체 덕에 자신까지 고귀해지는 것 같았다. '파리에서도 이보다 더 아름다운 애인을 얻지는 못할 거야' 하는 생각도 들었다.

그들이 그렇게 행복한 가운데 낙심한 사람이 한 명 있었다.

데르빌 부인이었다. 부인은 친구에게 어떤 현명한 충고를 해 주더라도 귀찮게만 들릴 뿐임을 알고 베르지를 떠나버렸다. 레날 부인은 잠시 눈물을 글썽였지만 말 그대로 잠시일 뿐이었다. 그녀는 더 큰 행복에 젖었다. 거의 온종일 연인과 단둘이 마주 보고 지낼 수 있게 된 것이다.

제6장 쥘리앵, 레날 부인과 이별하다

사랑의 유희는 억누를 수 없으니,
제아무리 강한 맹세라도
핏줄 속 불길에 휩싸인 지푸라기 같은 것.
_셰익스피어,『템페스트』

9월 하순경이었다. 막내 스타니슬라스가 병이 나서 고열에 시달렸다. 레날 부인은 갑자기 극심한 후회에 사로잡혔다. 쥘리앵은 부인의 마음을 달래려고 애썼다. 하지만 그의 말이 조리가 있으면 있을수록 부인은 위로를 얻기는커녕 괴로움이 더 커졌다. 그녀는 하느님께 큰 죄를 지었다는 생각에 사로잡혀 있었다. 따라서 이런저런 이치니 이유니 하는 것들은 모두 악마의 속삭임처럼 여겨졌다.

레날 부인은 자신이 쥘리앵을 사랑한 것에 대해 하늘이 벌을 내린 것으로 생각했다. 쥘리앵을 미워하든가 아들이 죽든가 해야 하느님의 분노가 가라앉으리라는 강박관념에 시달렸다. 하지만 결코 쥘리앵을 미워할 수 없었다. 그녀는 고통스러울 수밖에 없었다.

어느 날 부인이 쥘리앵에게 말했다.

"날 떠나줘요. 당신이 여기 있어서 내 아들이 죽는 거예요."

그러고는 나직이 혼잣말을 했다.

'아, 나는 하느님께 죄를 지었으면서, 양심의 가책도 느끼지 않고 지낸 거야.'

위선도 과장도 없는 부인의 고통에 쥘리앵이 감동받았다. 이 여자는 나를 사랑한 벌로 아들이 죽는다고 생각하는 거야. 그런데 가엾게도 자기 아들보다 나를 더 사랑하고 있어. 그러면서 너무 무서운 양심의 가책을 느끼고 있어.

어느 날 밤 아이가 위독한 상태가 되었다. 새벽 2시쯤 레날 씨가 아들을 보러 왔다. 펄펄 끓는 열 때문에 온몸이 벌게진 아들은 아버지도 알아보지 못했다. 그때였다. 갑자기 레날 부인이 남편의 발아래 몸을 던졌다. 쥘리앵은 그녀가 모든 것을 털어놓으려 하는 것을 알았다. 그녀는 스스로 파멸의 구렁텅이로 들어가려 한 것이었다.

"아, 내가 내 아들을 죽이는 거예요. 하늘이 나를 벌하는 거예요. 나는 살인을 한 죄인이에요. 나는 벌 받아야 해요.”

레날 씨에게 상상력이 있었다면 모든 걸 알아차렸을 것이다. 그러나 그는 아내의 이런 느닷없는 행동에 짜증을 냈을 뿐이었다.

“소설 나부랭이에나 나올 만한 생각을 하고 있네. 무슨 쓸데없는 소리를! 쥘리앵, 날이 밝는 대로 사람을 보내 의사를 불러오게.”

레날 씨가 잠자리로 돌아가자 레날 부인은 자신을 부축하려는 쥘리앵을 밀쳐냈다. 그리고 무릎은 꿇은 자세로 그대로 무너져 내렸다. 반쯤 의식을 잃은 것이다.

레날 씨가 나간 지 20여 분 동안 쥘리앵은 사랑하는 여인을 물끄러미 바라보고 있었다. 부인은 반쯤 정신을 잃은 채, 아이의 침대에 머리를 기대고는 꼼짝도 하지 않았다. 그는 생각했다.

‘여기, 고귀한 한 여인이 나를 알게 된 탓에 이루 말할 수 없는 고통에 빠지고 말았구나.’

그는 레날 부인과의 만남 이래 처음으로 부인을 위해 무엇을 해줄 수 있을 것인가 고민했다. 자기가 떠나버리는 것은 해결책이 아니었다. 그녀는 모든 걸 털어놓을 거야. 그러고는 미쳐서 창문 밖으로 몸을 던져버릴지도 몰라.

그때 갑자기 눈을 뜬 레날 부인이 말했다.

"제발 가버려요."

쥘리앵이 말했다.

"오, 나의 천사, 지금처럼 당신을 진정으로 사랑해본 적이 없었어요. 아니, 지금부터 당신을 진정으로 사랑하게 되었다는 게 맞을 거야. 당신을 위해 내가 무엇을 할 수 있을까? 이제 당신 곁을 떠난다는 건 내게 너무나 큰 고통일 거야. 그래도 그게 당신을 위하는 길이라면 떠날 거야. 하지만 내가 없어지면 당신은 남편에게 모든 걸 털어놓을 거야. 당신은 순결하니까. 그러면, 그러면, 당신은 이루 말할 수 없는 치욕을 뒤집어쓰게 될 거야."

"내가 원하는 게 바로 그거야." 부인이 몸을 일으키면서 소리쳤다. "난 벌을 받아야 해."

그러자 쥘리앵이 말했다.

"나도 벌을 받게 해줘요. 나도 죄인이니까. 수도원에라도 들어가 고행을 할까? 오, 하늘이시여, 내가 스타니슬라스 대신 아플 수만 있다면!"

"아, 당신도 그 아이를 사랑하는구나."

레날 부인은 그의 품 안으로 뛰어들었다. 동시에 소스라치게 놀라더니 그를 떠다밀었다.

쥘리앵은 눈물을 쏟으며 부인의 발아래 몸을 던졌다.

"당신이 하라는 대로 하겠어요. 어떤 명을 내리건 복종하겠어요. 나는 앞 못 보는 장님이 되었어요."

하지만 부인은 그에게 아무 말도 할 수 없었다. 떠나라고 할 수도 없었고 이대로 곁에 머물러달라고 할 수도 없었다.

마침내 하늘이 이 가엾은 여인을 동정했다. 스타니슬라스는 위험한 고비에서 벗어났다. 하지만 부인은 마음의 평화를 얻지 못했다. 그녀의 순수한 열정에 금이 가듯 상처를 입자 자신이 얼마나 큰 죄악에 빠졌는지를 깨달은 것이다. 부인의 하루하루는 천국이자 지옥이었다. 눈앞에 쥘리앵 없을 때는 지옥이었고, 그의 무릎에 얼굴을 기대고 있을 때는 천국이었다.

그녀는 자신이 분명 벌을 받을 것이라 생각했고 쥘리앵에게 그렇게 말하곤 했다. 지옥에 가는 것이 두려웠다. 하지만 후회는 하지 않았다. 같은 상황에 처한다 해도 똑같은 죄악을 저지르게 될 것이 분명했기 때문이었다. 단지 이 세상에 사는 동안에는 하늘이 그 벌을 내리지 않기만을, 그 벌을 아이들에게 내리지 않기만을 간절히 바랄 뿐이었다. 죽은 뒤에는 더 큰 벌을 달게 받을 각오가 되어 있었다. 그녀가 간절히 바라는 것은 오로지 쥘리앵의 행복이었다. 그를 너무 사랑하기에 그의 행복을 위해 온 힘을 다 쏟았다.

의심과 자존심으로 뭉쳐진 쥘리앵이었지만 부인이 보여주는 자기희생 앞에서 그 모든 것이 눈 녹듯 사라져 버렸다. 그는 레날 부인을 경배하게 되었다. 모든 의심을 떨쳐버린 쥘리앵은 걷잡을 수 없는 사랑의 열정, 그 예측할 수 없는 운명 속으로 빠져들었다. 그의 사랑은 이제 아름다운 여인에 대한 찬미도 아니었고 그런 여인을 소유한다는 자부심 정도도 아니었다.

이제 두 사람이 누리는 행복은 차원이 한 단계 높아졌다. 함께 나누는 사랑의 불길도 한층 강렬해졌다. 두 사람은 서로에게 도취했고, 미칠 듯한 사랑의 희열을 맛보았다. 하지만 그 행복을 세상에 드러낼 수 없었다. 그 행복 위에는 죄의 그늘이 덮여 있었다. 더할 수 없이 행복한 순간에도 레날 부인은 짧은 비명을 질렀다.

"오, 하느님! 저기 지옥이 보여."

부인은 바들바들 손을 떨면서 쥘리앵의 손을 꼭 잡았다. 쥘리앵은 두려움에 떠는 이 영혼을 달래주려고 애썼다. 하지만 소용없었다. 그렇게 사랑의 기쁨과 행복, 그리고 그에 이은 후회가 함께 하는 나날들이 흘러갔다. 그런 가운데 쥘리앵은 홀로 골똘히 생각에 잠기는 습관을 잃어버렸다.

쥘리앵과의 결혼을 꿈꾸었던 엘리자는 두 사람의 관계를 모두 알고 있었다. 그녀는 작은 소송 사건이 있어서 베리에르로 갈 일이 있었다. 그녀는 발르노 씨를 찾아가 그들의 일을 일러바쳤다. 엘리자는 발르노 씨가 레날 부인에게 집적거린다는 것도 알고 있었고, 그가 쥘리앵을 아니꼽게 여긴다는 것도 알고 있었다.

발르노는 속이 뒤집혔다. 이 지방에서 제일 돋보이는 여자가, 자신이 지난 6년 동안 그렇게 공들여 쫓아다닌 여자가, 오만하기 그지없는 태도로 자기를 멸시하던 여자가, 겨우 가정교사 노릇하는 막일꾼 놈을 정부로 삼다니!

바로 그날 저녁, 레날 씨는 익명의 편지를 한 통 받았다. 장문의 그 편지는 집안에서 벌어지고 있는 일을 세세히 알려주고 있었다. 쥘리앵은 레날 씨가 그 편지를 읽더니 얼굴의 핏기가 싹 가시면서 자신을 사납게 노려보는 것을 눈치챘다. 시장은 저녁 내내 끓는 속을 가라앉히지 못했다.

자정 무렵 응접실을 떠날 때 쥘리앵은 적당한 틈을 내서 부인에게 말했다.

"오늘 밤에는 안 만나는 게 좋겠어요. 남편이 우리를 의심하고 있어요. 누군가 이름을 감춘 채 편지를 보낸 모양이에요."

부인은 쥘리앵이 자신을 피할 핑계를 만들었다고 생각했다.

다음 날 아침, 요리담당 하녀가 쥘리앵에게 책을 한 권 가져 왔다. 책 겉장에는 "130쪽을 봐요"라고 쓰여 있었다. 쥘리앵은 놀라서 책을 펼쳤다. 서둘러 써 내려간 편지가 핀으로 꽂혀 있었다. 눈물 자국에 맞춤법도 엉망인 편지였다. 평소에 꼼꼼하게 철자법을 지키던 부인의 마음을 보는 것 같아 쥘리앵은 가슴이 메었다.

오늘 밤엔 나를 만나고 싶지 않았던 거야? 당신의 눈길을 보면 당신이 나를 진정으로 사랑하는지 의심이 들 때가 있어. 내가 자주 후회하는 걸 보고 싫증이 난 거지? 내가 끝장나 버렸으면 좋겠어? 그렇다면 좋은 방법이 있어. 이 편지를 온 베리에르 사람들에게 보여줘. 내가 당신을 사랑한다는 것, 아니 숭배한다는 걸 모든 사람들에게 알려줘.

한없이 들떠 있던 처녀 시절에도 이런 행복은 꿈꾼 적이 없었다는 것을, 내가 생명과 영혼을 당신에게 바쳤다는 것을 모두에게 말해 줘. 내가 그 이상의 것을 당신에게 바쳤다는 것을 모두에게 알려 줘. 아니, 발르노 그 사람 한 명에게만 알려줘도 돼. 아니야, 그에게 말해줘도 그는 무슨 말인지 모른 거야. 자신을 바친다는 게 어떤 건지 이해할 수도 없을 거야.

익명의 편지? 그 사람이 보낸 게 분명해. 나는 이미 나를 버렸어. 내일 나도 남편에게 말할 거야. 나 또한 익명 편지 한 통을 받았다고 말할 거야. 그리고 지체 없이 당신을 내보내야 한다고 말할 거야.

아, 내 소중한 사람. 우리는 보름이나 한 달 정도 헤어져

야만 할 거야. 어제 내 방에 오지 않은 건 정말 잘한 거야. 당신도 나만큼 괴롭겠지. 하지만 그렇게 해야만 이 익명 편지에 대한 의심을 풀 수 있어.

난 그게 발르노 씨가 쓴 거라는 걸, 남편이 믿게 만들 거야. 여기서 나가면 베리에르에서 지내도록 해. 나는 남편을 이곳에 보름쯤 붙잡아놓을게. 일단 베리에르에 가면 사람들과 두루두루 친분을 맺어놓도록 해.

발르노에게 싫어하는 내색 보여주지 마. 그냥 상냥하게 대해. 당신이 그의 집이건 다른 집이건 가정교사로 들어가고 싶어 한다는 것을 베리에르 사람들에게 보여줘.

그 다음엔? 모르겠어. 아마 남편은 당신이 다른 집에 들어가는 꼴은 못 볼 거야. 설혹 당신이 다른 집으로 가게 되더라도 나는 당신을 따르는 우리 아이들과 당신을 만나러 갈 수 있겠지.

자, 이제 어떻게 해야 할지 알겠지? 그 천박한 사람들에게 상냥하고 정중하게 대해줘. 제발 경멸감을 드러내지 말아줘. 우리 운명이 그 사람들에게 달려 있어. 남편이 무엇보다 중시하는 게 여론이거든.

내가 사용할 익명 편지를 당신이 만들어줘. 가위로 단어들을 책에서 오려낸 다음 여기 보내는 편지지 위에 붙여줘. 이 편지지는 발르노 씨가 내게 보낸 거야. 익명 편지글은 아주 짧게 줄였어.

익명 편지
부인,

부인의 행실은 이제 훤하게 드러났습니다. 하지만 부인의 행실을 바로잡자는 고귀한 심성을 가진 사람이 그 사실을 알게 된 것을 다행으로 여기십시오. 진정한 우정에서 우러나와 하는 충고이니, 그 하찮은 시골뜨기와의 관계를 당장 끊으십시오. 그러면 당신 남편은 자신이 받은 편지를 모함이라고 생각할 것입니다. 그리고 이제까지의 일을 다 덮어버릴 수 있을 것입니다. 내가 부인의 비밀을 손에 쥐고 있다는 사실을 잊지 마십시오. 죄의 무서움을 아시오. 가련한 여인, 이제 당신이 의지해야 할 사람은 나뿐입니다. 당신이 내게로 오기를 기대하며.

이 편지가 수용소장 말투인 건 알겠지? 이 편지를 다 오려 붙인 다음 방 밖으로 나와 줘. 내가 당신에게 갈게.

나는 읍내에 갔다 온 후 그 편지를 남편에게 줄 생각이야. 당신은 아이들을 데리고 산책 나갔다가 식사시간에 맞춰 돌아오면 돼. 일이 잘되면 비둘기 집이 있는 탑에 하얀 손수건을 걸어놓을게.

아, 점점 더 확실해져. 우리가 헤어지게 된다면 나는 단 하루도 견디기 어려울 거야. 지금 내 머릿속에는 오로지 당신밖에 없어. 당신이 나를 사랑하지 않게 되더라도 나는 당신을 용서할 수 있어. 그만큼 나는 당신을 사랑해.

쥘리앵은 한 시간에 걸쳐 단어들을 오려내고 짜 맞추면서 어린애처럼 즐거웠다. 방에서 나오니 부인이 아이들과 함께 있었다. 그녀는 아무 일 없다는 듯 태연하게 쥘리앵이 건네준 편지를 받아들었다. 그처럼 침착한 부인의 모습에 쥘리앵은 어리둥절해질 지경이었다.

부인이 쥘리앵에게 무언가 내밀면서 말했다.

"이걸 산속 어딘가에 묻어둬. 일이 잘못되면 나는 모든 걸

빼앗기게 될 거야. 그때 이게 내 유일한 재산이야."

보석함이었다. 그 안에는 금과 몇 개의 다이아몬드가 들어 있었다. 그러고는 그를 쳐다보지도 않고 읍내를 향해 빠른 걸음으로 멀어져갔다.

레날 시장은 익명 편지를 받은 순간부터 안절부절못했다.

'도대체 누가 보낸 편지일까? 모든 사람이 질투할 만한 여자를 마누라로 두니까 이런 일이 벌어지는 거야. 집사람과 의논해봐야겠군.'

그러더니 그는 이마를 탁 쳤다.

'맙소사, 지금 누구와 의논하겠다는 거야! 제일 못 믿을 게 마누라인 상황에서! 마누라가 지금 내 적인데!'

그는 그만 원통해서 한숨이 절로 나왔다. 그런데 가만 생각해보니 주변에 이런 일을 의논할 친구가 한 명도 없었다. 겨우 자기 일에 눈물을 보이며 동정해줄 교구 재산 관리위원 한 명이 생각났지만 그는 아무 일에나 눈물부터 질질 짜고 보는 멍청구리였다. 겨우 믿을 수 있는 사람이 그 친구뿐이라니! 나처럼 불행한 신세가 또 어디 있단 말인가! 시장의 속이 부글부

글 끓었다. 아, 의지할 데 없는 고독한 처지로구나!

그러다 문득 자기 아내가 결백하다는 생각이 들었다. 모든 것을 다 알아서 챙겨주던 그 여자! 내일 결혼을 다시 한다 하더라도 더 나은 여자를 구한다는 건 꿈에도 못 꿀만큼 완벽한 그 여자! 그래, 고민할 거 없어. 여자들이 모함을 당하는 경우는 수없이 많잖아.

그러다가 그는 또 버럭 소리를 질렀다.

'내가 무슨 생각을!'

그는 방 안을 정신없이 서성이며 생각했다.

'마누라가 제 정부 놈과 함께 나를 비웃고 있는 판에, 내가 그 꼴을 참아 넘기라고? 온 베리에르 사람들이 나더러 마음도 좋다면서 빈정거리는 꼴을 두고 보라고? 하지만 어떻게 하지? 마누라를 죽여 버려? 아이고 그건 못해. 그놈을 몽둥이 찜질을 해서 쫓아버려? 그러면 놈이 천지 사방에 소문을 다닐 테지. 오, 그 망신을 어떻게 견디라고? 마누라를 그냥 쫓아 버려? 안 돼. 그놈하고 브장송에 가서 보란 듯이 살림을 차리겠지.'

날이 밝아오고 있었다. 그는 맑은 공기라도 좀 쐬어볼까 하고 정원으로 나갔다. 순간 마음을 굳혔다.

'일을 벌여 소문이 나게 해서는 안 돼. 베리에르의 저 형편 없는 친구들을 희희낙락하게 만들 수는 없어.'

정원을 걸어 돌아다니자 마음이 어느 정도 가라앉았다.

'안 될 말이야. 마누라와 헤어져서는 절대 안 돼. 그러기에 는 너무 쓸모가 많은 여자야.'

그는 아내가 없는 집안을 상상하자 끔찍했다. 그러나 그냥 넘어갈 수는 없었다. 우선 마누라가 정말 바람이 났는지를 확 인하는 게 필요했다. 그는 그 방법을 궁리하느라 또 한참 정원 을 거닐었다. 그때 읍내에서 돌아오는 부인과 마주쳤다.

부인은 예상외로 침착하고 냉정했다. 남편의 헝클어진 머 리카락과 단정하지 못한 옷차림으로 그가 밤새 잠을 이루지 못했다는 것을 알 수 있었다. 부인은 겉봉을 뜯기는 했지만 알 맹이는 접혀 있는 편지 한 통을 다짜고짜 남편에게 내밀며 말 했다.

"이 추잡한 걸 봐요. 공증인 사무소 정원 뒤를 지나오는데 어떤 인상 고약한 남자가 건네주더군요. 당신한테 신세 진 사 람이라나, 뭐라나. 읽기 전에 당신이 꼭 들어야 할 부탁이 있어요. 저 쥘리앵 선생을 빨리 자기 집으로 돌려보내요."

남편의 얼굴이 활짝 펴지는 것을 보고 부인의 얼굴도 밝아졌다. 레날 씨는 섣불리 대답하지 않고 두 번째 익명 편지를 꼼꼼히 읽어보았다. 그러고는 그 편지를 마구 구겨버리고는 후다닥 걸음을 옮겨놓았다. 계속 마누라 곁에 있다가는 분통이 터질 것 같아서였다.

잠시 후 마음이 좀 가라앉자 그는 다시 부인 곁으로 왔다. 그러자 부인이 채근했다.

"빨리 쥘리앵을 내보내야 한다고요. 어차피 목수 자식이잖아요. 몇 푼 집어줘서 내보내세요. 아는 건 많으니 쉽게 일자리를 구하겠죠. 발르노 씨 댁이나 모지롱 군수 댁으로 가면 되지요."

레날 씨는 소리를 버럭 질렀다.

"꼭 당신처럼 꽉 막힌 소리를 하는군! 하기야 여자가 어떻게 사리분별을 할 수 있겠어. 고작 하는 일이라고는 나비나 쫓아다니는 짓뿐이니! 아이고 한심해라. 집구석이라고 이런 것들밖에 없으니, 아이고 내 신세야!"

부인은 다시 침착하게 말했다. 그녀의 머릿속에는 어떻게 하면 쥘리앵과 한 지붕에서 살 수 있을까 오로지 그 생각뿐이었다. 남편이 화를 내건 말건, 자신을 모욕하건 말건 상관없었다.

"하긴 그 시골뜨기한테는 잘못이 없을지도 몰라요. 하지만 이런 모욕들 당하고 가만있을 수는 없어요. 이 추잡한 편지를 본 순간 결심했어요. 그를 내보내지 않으면 내가 나가겠어요. 이도저도 아니면 쥘리앵을 산속에 산다는 목재상에게 한 달 정도 휴가를 보내면 되잖아요. 내가 말할까요?"

레날 씨는 이제 좀 신중해졌다.

"당신은 나서지 마. 당신이 그와 말을 하다 화라도 내면 그와 나 사이도 공연히 틀어질 수 있어. 그 꼬마 선생이 얼마나 영리한지는 당신도 잘 알지 않소?"

"영리하기는 뭐가 영리해요? 엘리자의 청혼을 거절했잖아요. 그런 굴러 들어온 복덩이를……. 하긴 엘리자가 몰래 발르노 씨 댁에 드나드는 것 같아 거절한다고 하긴 하더군요."

"뭐야, 엘리자가 발르노와 내통을 해? 이런 나만 모르고 있었군."

"어머, 그건 지나간 얘기예요. 발르노, 그 사람하고 나하고 이렇다 저렇다 소문이 돌던 때 일인걸요."

"나도 그런 소문을 들었지. 그런데 당신 내게 그런 얘기 하나도 안 했잖아?"

"공연히 당신과 그 사람 사이를 틀어지게 만들 게 뭐 있어요? 더욱이 그 사람한테 그런 편지 안 받아본 사교계 여자가 어디 있나요?"

"그럼 당신도 받았단 말이야?"

"꽤 많지요."

"그래 그게 어디 있어?"

"내 책상 서랍에요."

레날 시장은 단숨에 부인의 방으로 달려갔다. 그리고는 급한 마음에 쇠꼬챙이로 값비싼 책상서랍을 부수고 말았다. 서랍 안에는 발르노가 부인에게 보낸 편지들이 그득했다.

레날 부인은 계단을 올라 비둘기장으로 갔다. 그리고 흰 손수건을 꺼내 작은 창문 쇠창살에 비끄러맸다. 그녀는 눈물을 글썽이며 숲 쪽을 바라보았다. 그러고는 아직 화가 나서 펄펄 뛰고 있는 남편에게 돌아왔다.

"발르노가 당신에게 보낸 편지들과 이 익명의 편지 종이가 같잖아."

그러자 부인이 말했다.

"여보, 당신은 이 지방 최고의 귀족이에요. 당신은 국왕 폐하의 신임을 얻으면 나중에 귀족원에 들어갈 수도 있어요. 공연히 시끄러운 일 만들지 마세요. 발르노 씨에게 그 익명 편지 이야기를 꺼내면 브장송까지도 소문이 다 날 거예요."

시장은 아직 분이 풀리지 않았다. 그는 아무 쓸모없는 이야기를 부인에게 두 시간이나 더 늘어놓았다. 그러더니 이윽고 진이 다 빠져 버렸다. 그는 결국 쥘리앵을 베리에르에 휴가 보내는 것으로 일을 마무리 지었다.

베리에르에 도착한 쥘리앵은 레날 씨 저택에 머물렀다. 베리에르에 온 그가 제일 먼저 한 일은 셀랑 신부의 책장을 짜준 일이었다. 셀랑 신부는 자유주의자들이 제공해준 안락한 거처를 모두 거절하고 방 두 칸짜리 집에 세 들어 살았다. 방둘 모두 책들이 사방에 널려 있어 너무 비좁았다. 쥘리앵은 아버지 제재소로 가서 널판들을 보란 듯이 직접 져 날랐다. 성직자의 행동을 사람들에게 보여주기 위해서였다. 그는 직접 연장을 빌려서 책장을 만들고 셀랑 신부의 책을 가지런히 정돈

했다. 노신부는 눈물을 글썽이며 기뻐했다. 쥘리앵이 세속적으로 타락하지 않았음을 확인한 것이다.

그가 베리에르에 도착한 지 사흘째 되는 날 모지롱 군수가 찾아왔다. 쓸데없는 긴 이야기 끝에 그는 쥘리앵에게 새로운 가정교사 자리를 제안했다. 어느 부유한 관리로서 연 800프랑을 매 사분기 석 달 치씩 주겠다는 제안을 한 것이다. 쥘리앵은 자신의 위선을 연습할 좋은 기회라고 생각하고 장광설을 늘어놓았다. 모지롱 군수는 얼이 빠졌다. 쥘리앵이 청산유수처럼 그럴듯한 말은 계속 늘어놓고 있었건만 도무지 언질 하나 얻어낼 수 없었다.

얼이 빠진 군수를 배웅하고 나서 쥘리앵은 미친 사람처럼 웃기 시작했다. 그리고 레날 씨에게 아홉 장에 달하는 긴 편지를 썼다. 자신이 받은 제안을 낱낱이 주워섬기고는 공손하게 레날 씨의 충고를 청했다.

모지롱 군수는 끝끝내 제안을 한 장본인 이름은 밝히지 않았다. 쥘리앵은 속으로 생각했다. '빤하지 뭐. 분명 발르노일 거야. 자신이 보낸 편지가 효과를 발휘해서 내가 베리에르로 쫓겨난 거로 생각하겠지.'

편지를 부친 그날이었다. 셸랑 신부를 잠깐 만나고 오는 길에 쥘리앵은 길에서 발르노 씨의 하인을 만났다. 오찬 모임 초대장을 들고 쥘리앵을 찾아 온 시내를 헤매던 길이었다.

쥘리앵은 12시 반에 수용소장의 집에 들어섰다. 오찬은 1시로 예정되어 있었지만 일찍 얼굴을 내미는 게 더 정중하게 보이리라는 생각에 일찍 갔다. 하지만 속으로는 이 천박한 사내를 몽둥이로 잔뜩 두들겨주면 좋겠다는 생각뿐이었다.

집 안에 들어서니 온통 돈으로 치장한 천박한 가구들이 들어서 있었다. 빈민들에게 가야 할 돈이 모두 이렇게 집 안을 천박하게 치장하는 데 사용되고 있었다. 모든 가구에서 훔친 돈 냄새가 물씬 풍겼다.

곧이어 세무관, 간접세 징수관, 헌병 장교와 관리 몇 명이 부부동반으로 들어섰다. 잠시 후 부유한 자유주의자들도 몇 명 왔다. 오찬이 시작되었다. 쥘리앵은 이미 기분이 상할 대로 상해 있었다.

'이 식당 벽 저쪽에 빈민 수용자들이 있잖아. 집 안을 가득 메운 이 고약한 취향의 사치품들을 사들이느라 저 사람들에게 가야 할 고깃덩어리를 횡령했을 테지. 그 탓에 저들은 지금

배를 주리고 있겠지.'

쥘리앵은 목이 메어 왔다. 음식을 먹을 수 없었다. 하지만 그는 곧 정신을 차렸다. 말없이 생각에나 잠겨 있으라고 이 번듯한 인사들의 오찬에 초대된 것은 아니지 않은가? 마침내 기회가 왔다. 두 군데 아카데미 회원이라는 어느 인물이 쥘리앵이 『신약성경』에 정통하다는 소문을 들었는데 정말인지 확인하고 싶다며 『신약성경』을 꺼내 든 것이다.

쥘리앵의 암기력은 틀림이 없었다. 그 사람이 아무렇게나 펼쳐 들고 읽은 쪽의 뒷부분을 쥘리앵은 정확히 라틴어로 암송했다. 게다가 그 암송한 부분을 즉석에서 불어로 번역했다. 인기를 끈 정도가 아니라 완전한 승리였다. 부인네들의 얼굴이 찬탄으로 붉게 달아올랐다.

6시까지 이어진 그 오찬에서 쥘리앵은 네다섯 건의 만찬 초대를 받았다. 쥘리앵은 대문을 나서며 "아, 천한 자들, 아, 천한 자들"이라고 나지막이 부르짖었다. 그러고는 신선한 공기를 흠뻑 들이마셨다. 이 순간에는 오히려 자신이 귀족이 된 것 같았다. 그들의 천한 모습을 보니 레날 시장 집의 공기가 새삼 돋보였다.

'레날 씨는 최소한 횡령은 안 하지 않는가? 그는 깨끗한 사람 아닌가? 그건 그만두더라도 레날 씨가 손님들에게 포도주를 권하면서 일일이 그 값을 말한 적이 한 번이나 있었던가? 어휴, 저들이 훔친 재산의 절반을 내게 떼어준다 해도 저들과 함께 살고 싶지는 않아. 아무리 참고 지내려 해도 언젠가는 폭발하고 말 테니까.'

하지만 레날 부인과의 약속이 있었다. 그는 비슷한 종류의 만찬에 몇 번 참석해야만 했다. 그는 인기를 끌었다. 얼마 되지 않아 베리에르 사람들의 관심은 온통 이 박학한 젊은이를 차지하기 위한 싸움에서 최종 승자는 누가 될 것인가에 쏠리게 되었다. 과연 레날 시장일까, 빈민 수용소장일까? 이 두 사람은 새롭게 주임신부가 된 마슬롱 신부와 더불어 삼두체제가 되어 이 도시를 주무르고 있었다.

쥘리앵은 아이들 숙제 검사도 게을리 하지 않았고 정말 내키지 않았지만 아버지도 종종 찾아갔다. 한 마디로 말해서 자신의 새로운 평판을 착착 쌓아가고 있었다.

쥘리앵은 베리에르에서 몇 주일을 지냈다. 물론 그사이에 한두 번 레날 부인과 아이들이 찾아와 즐겁게 재회하곤 했다.

쥘리앵은 베리에르에서 쌓은 평판과 함께 또 한 가지 소득을 얻고 베르지로 돌아갔다. 베리에르의 레날 씨 집에서 혼자 고즈넉하게 지낸 몇 주 동안이 자신에게 정말 행복한 시간이었다는 사실을 깨달은 것이다. 만찬회에 초대를 받아갔을 때만 잠시 기분이 나빠졌을 뿐이었다. 그 호젓한 집에서 방해받을 염려 없이 책을 쓰고 글을 읽고 생각에 잠길 수 있었다. 위선적인 행동이나 말을 해서 상대방을 속여 넘기느라 애쓸 필요가 없었다.

'행복이 이렇게 가까운 곳에 있을 수도 있다니…….'

그는 새삼 놀랐다. 하지만 그는 마음을 다시 다잡았다.

'그렇지만 이런 식으로 인생을 낭비하는 건 어리석은 일이야. 마음이 내키면 엘리자와 결혼할 수도 있고 푸케와 동업할 수도 있어……. 하지만 가파른 산을 올라본 자만이 꼭대기에 앉아 쉬는 기쁨을 느낄 수 있는 법이야. 낮은 곳에 주저앉아 쉬면서 진정한 행복을 느낄 수는 없어.'

가을은 쏜살같이 지나갔고 벌써 겨울에 접어들었다. 이제 베르지 숲을 떠나야 했다.

베리에르 상류사회 사람들은 자신들이 아무리 맹렬하게 비난을 퍼부어도 레날 씨가 아무 반응도 보이지 않는 것에 대해 분개하기 시작했다. 발르노가 새롭게 일자리를 구해준 엘리자는 예전 교구 주임신부 셸랑과 새 주임신부 마슬롱에게 고해를 했다. 쥘리앵의 연애를 고해바친 것이었다.

쥘리앵이 베리에르에 도착한 어느 날 셸랑 신부가 쥘리앵을 불러서 말했다.

"너에게 아무것도 묻지 않겠다. 부디 나에게 아무 말도 하지 마라. 사흘 내로 브장송의 신학교로 떠나라. 아니면 네 친구 푸케의 집으로 가든지. 떠나는 것 말고는 길이 없다. 1년이 지나기 전에는 베리에르로 돌아올 생각일랑 마라."

쥘리앵은 다음 날 답을 해드리겠다고 한 후 레날 부인에게 갔다. 부인은 절망에 빠져 있었다. 방금 남편과 이야기를 나눈 뒤였던 것이다. 레날 씨는 아내가 결백하다고 생각하기로 작정하고 있었다. 천성이 나약한 데다, 부인이 브장송의 친척에게서 물려받을 유산에 대한 기대가 컸기 때문이었다. 하지만 그도 여론을 마냥 무시할 수는 없었다. 그는 베리에르의 여론이 심상치 않다고 부인에게 털어놓았다. 시샘하는 자들이 부풀려놓은 게 틀림없지만 어쨌든 그냥 두고 볼 수는 없지 않느

냐는 게 남편의 걱정거리였다.

레날 부인은 한시적이나마 쥘리앵과 떨어져 지내는 수밖에는 없다고 결론 맺었다. 그녀는 물론 두려웠다.

'쥘리앵은 나와 떨어져 있으며 자기 야망에만 빠져 있을 거야. 그러면 곧 나를 잊겠지.'

하지만 어쩔 수 없었다. 부인은 눈물을 참으며 쥘리앵이 떠나는 수밖에 없다고 그에게 말했다.

마침내 쥘리앵은 베리에르를 떠났다. 하지만 사흘 후 레날 시장 몰래 다시 돌아왔다. 쥘리앵이 단둘이 정식 작별 인사를 하겠다며 부인에게 약속했던 것이다. 숱한 위험이 도사리고 있었지만 쥘리앵은 결국 부인의 방에 무사히 들어올 수 있었다.

부인에게는 단 한 가지 생각밖에 없었다.

'내가 이 사람을 보는 건 이제 마지막이구나.'

연인의 뜨거운 숨결에도 그녀는 차가운 송장 같았다. 그에게 사랑한다는 말조차 나오지 않았다. 의심 많은 쥘리앵이 부인은 벌써 자신을 잊은 거라고 착각할 정도였다.

"어쩜 이럴 수가 있어요?"

쥘리앵이 원망의 말을 했다.

"이보다 더 불행할 수는……. 차라리 죽어버렸으면……. 심장이 얼어붙는 것 같아……."

그녀가 할 수 있었던 가장 긴 말이었다.

날이 밝아오기 시작했다. 이제 정말 떠나야 할 시간이었다. 이별의 순간이 되자 레날 부인의 눈물은 완전히 말라버렸다.

숨만 쉬다 뿐이지 죽은 사람이나 마찬가지인 부인에게서 억지로 작별의 키스를 받으면서 마침내 쥘리앵도 가슴이 저려왔다. 그녀의 입맞춤에 살아 있는 온기라고는 없었다.

먼 길을 가는 동안 쥘리앵에게는 아무 생각도 떠오르지 않았다. 마음만 아플 뿐이었다. 산을 넘어가기에 앞서 그는 자꾸만 뒤를 돌아다보았다. 그때마다 베리에르 성당의 종루가 눈에 들어왔다.

제7장 신학교

나는 이 지상에 홀로인 존재, 그 누구도 내 생각을
하지 않지. 내 눈에 보이는 출세한 자들은 모두 뻔뻔하고
냉혹한 자들뿐. 그들은 내가 착하다고 나를 미워하지.
아, 나는 곧 죽고 말 거야. 굶주려서든,
그런 냉혹한 인간들을 봐야만 하는 고통에서든.
_영

쥘리앵은 도중에 푸케의 집에 들러 평복을 빌려 입은 후 브장송으로 갔다. 브장송은 베리에르보다 훨씬 큰 도시였다. 그곳에서 그는 정말 촌뜨기였다. 그는 카페에 들러 차 한 잔 마신 후 곧장 신학교로 향했다. 멀찍이 문 위에 금박을 입힌 쇠 십자가가 보였다. 이제 이 지상의 지옥에 갇히게 되는구나! 두 다리에 힘이 빠졌지만 그는 마음을 다잡고 초인종을 눌렀다.

핏기 없는 얼굴의 문지기가 문을 열어주었고 그는 곧장 신학교 교장 피라르 신부 앞으로 안내되었다. 가구가 전혀 없는 어두침침한 방이었다. 피라르 신부는 낡아서 거의 누더기가

된 옷을 입고 무언가 쓰고 있었다. 그가 고개를 들었다. 자신을 쏘아보는 그 무서운 눈초리에 쥘리앵은 너무 겁이 나서 꼼짝도 할 수 없었다.

그가 쥘리앵에게 가까이 오라고 한 후 이름을 물었다.

"쥘리앵 소렐입니다."

그가 서랍을 열더니 편지 한 장을 꺼냈다.

"셸랑 신부가 자네를 추천했지. 그분은 이곳 교구에서 가장 뛰어난 분이고 덕망도 높지. 나와는 30년 지기일세."

그런 후 그는 셸랑 신부의 편지를 소리 내어 읽었다. 쥘리앵의 집안 이력과 그가 뛰어난 기억력과 이해력을 갖고 있다는 내용, 그에게 장학금을 주었으면 하는 내용이었다.

"이곳에는 성스러운 일에 종사하기를 바라는 학생이 321명이야. 그중에서 셸랑 신부 추천을 얻어서 들어온 사람은 고작 여덟 명뿐이야. 그러니 자네는 아홉 번째가 되는 셈이네."

이후 대화는 라틴어로 계속되었다. 신부의 눈빛에 부드러운 표정이 어렸지만 쥘리앵은 마음을 놓지 않았다. 그는 생각했다.

'이 사람도 마슬롱 신부처럼 사기꾼인지도 몰라. 가진 돈을

전부 장화 속에 감추어놓기를 잘 했지.'

피라르 신부는 쥘리앵의 신학 지식을 시험해보고 그의 박식함에 놀랐다. 그리고 그의 답변들이 명료하고 정확한 것을 보고 마음에 들었다. 그는 쥘리앵에게 장학금을 주겠다고 말한 후 자신의 허락 없이는 어떤 단체나 비밀 수도회에 가입해서는 안 된다고 일렀다. 그런 후 문지기를 불러 쥘리앵을 103호실로 데려다주라고 했다.

103호실은 건물 제일 꼭대기에 있는 방이었다. 그 방으로 들어서면서 쥘리앵은 방의 창문이 성벽 쪽으로 나 있는 것을 알았다. 성벽 너머로는 두 강을 경계로 하여 도시 밖으로 아름다운 들판이 펼쳐져 있었다. 멋진 풍경이었다. 쥘리앵은 감탄했다. 하지만 그 풍경을 감상할 힘이 그에게는 없었다. 그는 창문 옆 의자에 털썩 주저앉았다. 그 의자가 방 안의 유일한 가구였다. 그는 곧장 깊은 잠에 빠져들었다. 저녁 식사 종소리도 예배 종소리도 듣지 못하고 내쳐 잤다. 브장송에 온 지 얼마 되지 않는 시간 동안 너무나 많은 것을 느끼고 생각하느라 기력이 다한 탓이었다. 사람들도 그가 새로 들어왔다는 사실을 잊고 있었다.

다음 날 아침 그가 눈을 뜨자 쥘리앵은 서둘러 옷을 손질하고 아래로 내려갔다. 정해진 시각보다 늦어 있었다. 조교 한 명이 그를 무섭게 야단쳤다.

모두들 이 신입생에게 호기심을 보였다. 하지만 쥘리앵은 321명의 동료들을 모두 적으로 간주했다. 신학생들 중에 3분의 1 정도는 신앙심이 깊다고 볼 수도 있었다. 하지만 나머지는 그저 온종일 라틴어만 주절주절 외고 다닐 뿐 그 뜻조차 모르는 무지렁이들이었다. 동료들에 대한 관찰이 끝난 후 쥘리앵은 기왕에 신학교에 들어온 것, 한시라도 빨리 두각을 나타내야겠다고 생각했다.

'어느 분야건 똑똑한 사람이 필요한 법이잖아.'

하지만 쥘리앵이 모르는 사실이 있었다. 교리, 교회의 역사 등 신학교 교과목에서 일등을 한다는 것은 그들의 눈에는 엄청난 죄악으로 비칠 뿐이라는 사실이었다. 당시 프랑스 가톨릭교회는 책이며 지식이야말로 교회의 진정한 적이라는 사실을 깨닫고, 무엇보다 중요한 것은 마음에서 우러나온 복종이라고 보았다. 따라서 아무리 성스러운 공부라 할지라도 학업에서 두각을 나타내는 것은 의혹의 대상이 된다. 쥘리앵은 동료 학생들에게 자유주의자로 비쳤고, 권위에 순종하는 대신 스스로 생각하고 판단하는 죄악을 짓는 것으로 여겨졌다. 그들은 쥘리앵을 유심히 관찰했고 그런 만큼 적의 숫자가 늘어났다.

쥘리앵은 우울했다. 열심히 공부했지만 그 지식들이 거짓으로 보였기에 흥미가 가지 않았다. 게다가 신학교의 형편없는 음식이 그의 건강을 해치기 시작했다. 쥘리앵은 '생각하는' 버릇을 없애기 위해 부단히 노력했다. 그리고 묵주 기도와 금욕적 신앙 수련에 몰입했다. 하지만 몇 달이 지나도 그의 '생각하는' 기색을 지워버리지 못했다.

그는 큰 바다 한가운데 내던져진 나룻배 같은 신세였다. 그들을 위선적으로 속아 넘기는 것도 별 의미가 없어 보였다. 모든 것이 추악하게만 보였다. 이때가 아마 쥘리앵의 인생에서 가장 혹독한 시련기라고 볼 수 있을 것이다.

쥘리앵은 노력했지만 소용이 없었다. 자신을 아무리 초라하고 어리석게 보이려 애써도 동료들의 마음을 얻지 못했다.

그러던 어느 날이었다. 정말 뜻밖에 푸케가 그의 방으로 찾아왔다. 언제나 위력을 발휘하는 5프랑짜리 은화 두 닢의 힘으로 안으로 들어올 수 있었던 것이다. 두 친구는 반갑게 이런저런 이야기를 나누었다. 그러던 어느 순간 쥘리앵의 안색이 변했다. 푸케가 다음과 같은 말을 꺼냈던 것이다.

"그런데, 네가 가르친 아이들 어머니가 아주 독실한 신앙인이 되었더군. 이야기를 듣자 하니 순례를 떠날 예정이라더군. 고해를 하려고 디종이나 브장송까지 간다지 뭐야."

"부인이 브장송까지 온다고!"

쥘리앵이 얼굴을 붉히면서 외쳤다.

"아주 자주 온대."

푸케는 친구의 반응에 의아한 표정을 지었다. 쥘리앵은 그가 전해준 이야기의 충격에서 벗어나지 못했다.

친구가 돌아가고 난 며칠 후 피라르 신부가 그를 불렀다.

"내일은 성체 축일이다. 샤 베르나르 선생이 성당을 장식하는 일에 자네 도움이 필요하다고 하신다. 가서 도와드려라. 이 기회를 이용해서 시내를 좀 돌아보고 다녀도 좋다."

샤 신부는 성당 의식을 담당하고 있었다. 아주 사람 좋은 신부였다.

다음 날 새벽 일찍 쥘리앵은 성당으로 갔다. 쥘리앵은 성당의 9미터 높이의 고딕 기둥들을 붉은 천으로 감아올리는 일을 기술자들이 혀를 내두를 정도로 아주 능숙하게 해냈다. 쥘리앵의 아버지 눈에는 그가 아무짝에도 쓸모없이 보였지만 어쨌든 그는 목수의 아들이었으며 목수 수업을 받은 셈이었으니 그런 일에 능숙할 수 있었다. 게다가 그의 미적 감각이 한몫했다. 그가 일을 마치고 사다리에서 내려오자 샤 신부가 그를 얼싸안고 소리쳤다.

"최고야, 최고! 주교님께 말씀드리겠네."

샤 신부가 기뻐하는 것도 무리가 아닌 것이 그는 자신의 성당이 이렇게 아름답게 장식된 것을 본 적이 없었던 것이다.

11시 50분이 되자 성체 행렬이 시작되었다. 행렬은 더없이 화창한 날씨 속에서 브장송 시내를 천천히 행진했다. 행렬이 시작되자 성당은 적막에 싸였다. 성당 대기 중에는 은은한 장미꽃 향기가 여전히 배어 있었다. 쥘리앵은 그 고요를 즐기며 성당 안에 있었다.

고요함과 깊은 고독감에 젖어 쥘리앵은 감미로운 몽상에 빠져 들었다. 샤 신부는 반대편에서 성당을 지키고 있었으므로 그의 몽상이 방해받을 염려는 없었다.

그때였다. 빼어나게 차려입은 두 여인의 모습이 그를 몽상에서 반쯤 끌어냈다. 한 여인은 고해대에 꿇어앉아 있었고 다른 여인은 가까이 있는 의자 위에 두 팔을 올려놓고 있었다. 그는 딱히 주의를 기울이는 것은 아니면서 그냥 두 여인 쪽으로 눈길을 돌렸다.

'이상한 일이네. 믿음이 깊은 사람들이라면 행렬이 지나가는 휴게소 앞에서 무릎을 꿇고 있어야 하는 거 아닌가? 옷은 정말 잘 차려입었네.'

그는 두 여인에게 막연한 시선을 주면서 천천히 걸음을 옮겼다. 사방이 고요한 가운데 쥘리앵의 발소리가 들리자 고해대에 꿇어 앉아 있던 여인이 머리를 조금 들었다. 그 여인은 갑자기 나직한 비명을 지르며 일어나더니 비틀거렸다. 지탱할 기운을 잃은 것 같았다. 가까이 있던 친구가 달려와 그녀를 부축했다.

그때 쓰러지는 여인의 어깨가 쥘리앵의 눈에 들어왔다. 굵고 섬세한 진주알로 엮은 목걸이가 보였다. 그는 한눈에 그 목걸이를 알아보았다. 그 머리카락도 알아보았다. 그의 놀라움이란! 레날 부인이었던 것이다! 친구는 데르빌 부인이었다.

쓰러지는 레날 부인을 부축하려다 데르빌 부인도 함께 쓰러질 판이었다. 쥘리앵은 정신없이 달려들어 두 사람을 떠받쳤다. 레날 부인의 창백한 얼굴이 그의 눈앞을 가득 채웠다. 의식을 잃은 듯 아무 표정 없는 얼굴을 축 늘어뜨리고 있었다.

데르빌 부인이 쥘리앵의 얼굴을 알아보고 소리쳤다.

"저리 가요, 선생. 저리 가라니까요!"

데르빌 부인의 목소리에는 분노가 서려 있었다.

"당신 모습이 이 친구에게 보여서는 안 돼요. 당신을 보면 분명히 몸서리를 칠 거예요. 아, 당신을 만나기 전에는 얼마나 행복했던 친구였는데! 당신이 얼마나 잔인한 짓을 저질렀는지 알기나 해요! 당신에게 조금이라도 염치가 있다면 다시는 얼굴을 내보이지 말아요!"

그 기세에 쥘리앵은 물러설 수밖에 없었다. 그는 마음도 몸도 나약해 있었다. 그는 속으로 중얼거렸다.

'그래, 데르빌 부인은 언제나 날 미워했지.'

그때 찬송가 소리가 성당 안으로 밀려들어 왔다. 행렬 선두에 선 신부들이 흥얼거리는 소리였다. 행렬이 돌아오고 있었던 것이다. 샤 베르나르 신부가 그를 몇 번이나 부르고 있었다. 그에게는 그 소리가 들리지 않았다. 신부가 쥘리앵을 발견하고 그의 팔을 붙잡았다. 쥘리앵은 넋이 나간 모습으로 어느 기둥 뒤에 숨어 있었던 것이다. 신부는 그를 주교에게 데리고 가서 인사를 시키려고 그를 부른 것이었다.

신부가 말했다.

"안색이 안 좋군. 일이 너무 힘들었던 게야. 주교께서 모습을 보이시려면 아직 한 20분은 기다려야 해. 그사이 기운을 차리게."

하지만 주교가 지나갈 때도 쥘리앵이 몸을 심하게 떨고 있어서 신부는 그를 주교에게 소개해주겠다는 생각을 접어야만 했다.

그날 저녁 신부는 신학교 예배당에 양초 10파운드를 보내왔다. 촛불을 맡아 관리하던 쥘리앵이 의식이 끝난 다음 재빨리 불을 끈 덕분에 절약한 것이라는 설명이 붙어 있었다. 하지만 정작 촛불이 꺼진 신세가 된 것은 바로 쥘리앵 자신이었다. 레날 부인을 보고 난 뒤, 그의 머릿속은 텅 비어버려 아무런 생각도 할 수 없게 되었다.

제8장 쥘리앵, 신학교를 떠나다

그는 자신의 시대를 알았고, 자신이 몸담은 지역을 파악했고,
그 결과 부자가 되었다.
_「선구자」

레날 부인을 성당에서 본 뒤로 쥘리앵은 혼자만의 깊은 상념에 잠겨 지냈다. 그러던 어느 날 엄격한 피라르 신부가 그를 불렀다.

"샤 신부께서 자네를 칭찬하는 편지를 보냈네. 자네에게는 그냥 덮어두기에는 아까운 자질이 있어. 나는 15년 동안이나 일해온 이 학교를 곧 떠나야 할 것 같아. 떠나기 전에 자네에게 뭔가 해주고 싶어. 자네를 『신약성경』과 『구약성경』 복습 교사로 임명하네."

쥘리앵은 고마움으로 가슴이 북받쳤다. 그는 피라르 신부의 손을 잡고 입을 맞추었다.

"이게 무슨 짓인가? 이런 세속적인 짓을!"

신부는 화난 어조로 소리쳤다. 하지만 쥘리앵의 진정어린 눈을 보고 그도 본마음을 드러내고 말았다.

"그래, 인정하마. 나는 네게 애착을 느끼고 있어. 공정해야 하는 나로서는 안 될 감정이지. 아무튼 너는 힘든 인생을 살아가야 할 거야. 너에게는 천박한 자들의 눈에는 거슬리는 그 무언가가 있어. 네게는 시기와 중상모략이 따라다닐 거고 네 동료들의 미움을 받게 될 거다. 이겨낼 방법은 단 한 가지뿐이다. 오로지 하느님께 의지해라. 하느님께서는 네 오만함을 벌주기 위해 사람들에게 미움받게 하신 거다. 불순한 행동을 삼가도록 해라. 네가 구원받을 방법은 그것뿐이다."

쥘리앵이 다정한 목소리를 들은 것은 너무 오랜만이었다. 그는 마음이 약해져 눈물을 쏟았다. 피라르 신부가 두 팔을 벌려 그를 감싸주었다. 두 사람 모두에게 충만한 감동이 넘쳐흐르는 순간이었다.

쥘리앵은 기쁨으로 날아오를 것 같았다. 자신의 힘으로 이룩해 낸 최초의 승진이었다. 그 승진에 따른 혜택은 아주 컸다. 이제 쥘리앵은 다른 신학생들보다 한 시간 늦게 식사할 수 있게 되었다. 무엇보다 그 시간에 혼자 있을 수 있었다. 정원 열쇠도 손에 넣을 수 있었기에 혼자 산책을 할 수도 있었다.

그 대신 쥘리앵은 동료들로부터 더 미움을 받으리라는 각오를 했다. 하지만 놀라운 일이었다. 동료들이 전보다 그를 덜 미워하게 된 것이다. 동료들은, 혼자 있고 싶어 하는 그의 기질을 전에는 거만함의 표시로 보았었다. 하지만 이제는 그의 품위에서 나오는 자연스러운 행동으로 간주했다. 특히 그에게 『성경』을 배우게 된 어린 학생들은 더 했다. 쥘리앵은 그들을 매우 정중하게 대해주었다. 그를 옹호하는 사람들도 조금씩 생겼다.

사냥철이 되자 푸케가 쥘리앵의 친척이 보내는 것처럼 꾸며서 사슴 한 마리와 멧돼지 한 마리를 신학교에 보내왔다. 그 선물로 인해 쥘리앵의 집안은 존경받을 만한 상류층으로 분류되었다. 우수한 신학생들이 쥘리앵에게 한결 살갑게 대했다.

시험 기간이 되었다. 쥘리앵은 시험관의 질문에 아주 명석하게 대답했다. 시험관들은 고명한 프릴레르 부주교가 임명한 신부들이었다.

시험 첫째 날 시험관들은 곤혹에 빠졌다. 피라르 신부의 애제자로 알려진 쥘리앵 소렐을 계속해서 일등의 자리에 올려놓을 수밖에 없었기 때문이었다. 아무리 깎아내려도 2등 아래로 내려놓을 수 있는 과목이 없었던 것이다. 신학교 내에서는 쥘리앵이 수석을 차지할 것이냐 아니냐를 놓고 사람들이 내기들을 걸고 있었다. 수석을 차지한 학생은 주교관으로 가서 주교와 함께 식사하는 영광을 얻을 수 있었다.

교부들에 관한 시험이 끝나갈 무렵이었다. 고심하던 시험관들 중 한 수단 좋은 신부가 꾀를 냈다. 그는 성 히에로니무스에 대해 질문하더니, 성 히에로니무스께서 키케로를 무척 좋아했던 것을 아느냐고 쥘리앵에게 물어보았다. 그러고는 호라티우스와 베르길리우스 등 세속적인 작가들에 대한 이야기를 연달아 꺼내었다. 쥘리앵은 동료들 몰래 그 작가들의 작품 구절들을 많이 외워놓고 있었으며 그들을 매우 좋아했다. 쥘리앵은 시험을 잘 치른 기분에 그것들을 신나게 암송했다. 시험관은 그가 미끼를 제대로 물었다고 생각하고는 20분 동안 그를 가만 내버려 두었다. 그런 후 그런 속된 것들만 머릿속에 집어넣느라 시간을 얼마나 낭비했느냐, 제대로 신앙심을 키울 수 있었겠느냐고 거세게 몰아붙였다.

결국 프릴레르 부주교는 마음먹은 일은 무슨 수를 써도 해내는 그 손으로 쥘리앵의 이름 옆에 198등이라는 석차를 써넣을 수 있었다. 그는 자신의 적인 피라르 신부에게 타격을 가할 수 있어서 너무 기뻐했다. 프릴레르 부주교는 지난 10년간, 피라르 신부를 신학교에서 쫓아내기 위해 무척 공을 들여온 터였다.

피라르 신부는 자기 학교의 영예로 알아온 학생 이름 옆에 198등이라는 숫자가 적힌 것을 보고 일주일 동안이나 앓아누웠다. 너무나 엄격한 그의 성격에서 단 한 가지 위안으로 삼을 게 있었다면 어떤 수를 써서라도 쥘리앵을 제대로 가르치고 바른길로 인도하는 것이었다. 그는 쥘리앵이 분노하지도 않고, 복수할 뜻을 내비치지도 않는 것에 안도했고, 그가 기죽지 않는 것을 보고 기뻐했다. 그는 자리를 털고 일어났다.

그로부터 몇 주가 지났다.

쥘리앵은 편지 한 통을 받고 몸이 부르르 떨릴 만큼 놀랐다. 어떤 사람이 그의 친척을 자처하면서 보낸 편지 속에

500프랑의 어음이 들어 있었던 것이다. 편지를 보낸 사람의 이름은 폴 모렐이라고 되어 있었다. 생전 처음 듣는 이름이었다. 그 사람은 쥘리앵이 훌륭한 라틴 작가들에 대한 공부를 계속하여 성과를 보인다면 같은 금액을 매년 송금해주겠다는 말을 덧붙여놓았다. 쥘리앵은 감격했다.

'레날 부인이구나, 부인의 선물이야! 그런데 어째서 다정한 말 한 마디 적어놓지 않은 거지?'

하지만 그것은 쥘리앵의 오해였다. 부인은 모든 행동을 데르빌 부인의 충고에 따르고 있었다. 그리고 자신의 지난날을 뼈저리게 후회하고 있었다. 때로는 자기의 삶을 온통 뒤엉키게 만든 쥘리앵 생각을 하기도 했지만 편지를 보내는 일은 기어이 하지 않았다.

쥘리앵이 이렇게 500프랑을 받은 일은 기적이었다. 하늘이 교구 부주교인 프릴레르를 도구로 삼아 쥘리앵에게 선물을 내려준 것이다. 그 사연은 다음과 같다.

12년 전 프릴레르 신부는 작고 초라한 옷가방 하나만을 들고 브장송에 첫발을 내디뎠다. 시작은 그렇게 미미했지만 이제는 도내에서 가장 부유한 지주 가운데 한 사람이 되었다. 그가 이 지역 출신 귀족인 라 몰 후작과 토지 소유권을 놓고 소송을 벌이는 일이 벌어졌다.

라 몰 후작은 파리에서도 드높은 권세를 누리고 있었지만 프릴레르 신부와 소송을 벌이는 게 부담스러웠다. 소송 상대인 부주교의 위세가 지사 자리를 좌지우지할 정도라는 소리를 들었기 때문이었다. 하지만 그 때문에 동시에 기분이 상했다. 기분만 상하지 않았다면 5만 프랑 정도의 소송쯤이야 프릴레르 신부에게 그냥 양보할 수도 있었다. 그는 그 소송에서 자신이 정당하다고 생각했다. 정당한데 소송을 포기하다니 천만의 말씀!

하지만 1심에서 라 몰 후작은 프릴레르 신부에게 지고 말았다. 주교를 등에 업고 판사를 매수했다는 소문이 나돌았지만 사실 확인은 할 수 없는 노릇이다. 하지만 세상 돌아가는 일과 비슷한 일이 벌어졌던 것은 틀림이 없다. 라 몰 후작은 전부터 가까웠던 셸랑 신부에게 조언을 부탁했다. 그래서 셸랑 신부는 후작에게 피라르 신부를 소개하게 된 것이다.

피라르 신부는 철저한 사람이었다. 그는 사건을 면밀히 검토해본 결과 후작이 정당하다는 것을 알았다. 그는 나는 새도

「베드로에게 천국의 열쇠를 건네는 예수 Entrega de las llaves a San Pedro」

이탈리아 화가 피에트로 피르지노의 1481~1482년 작품. 신부(神父) 또는 사제(司祭)는 가톨릭 성직자를 가리키는 말로서, 프랑스어로는 프레트르(prêtre)나 아베(abbé) 또는 페르(Père), 영어로는 레버런드(Reverend)나 프리스트(Priest) 또는 파더(Father)라고 한다. 서유럽 로마가톨릭 성직자 제도는 교황(教皇, papa, pope)을 정점으로 주교(主教, bishop), 신부 또는 사제, 그리고 부제(副祭, deacon)로 구성되는데, 사제는 주교와 신부를 함께 일컫는 말이기도 하다. 사제의 기원은 유대교와 관련이 깊다. 『구약성경』에서는 하느님이 어떻게 자신의 백성을 "신성한 민족과 사제들의 왕국"으로 만들었는지 묘사한다. 이스라엘 열두 부족 중 레위족을 제사장(사제)에 임명한 것이다. 한편 『신약성경』에 나오는 예수의 열두 제자는 더 직접적인 사제의 기원이다. 기독교 공동체 규모가 커지고 각지에 교회가 세워지자 주교와 사제, 부제 역시 늘어났다. 그리고 유럽 각국이 기독교 나라가 되면서, 교회와 성직자는 갈수록 막강한 권력을 휘두르고 엄청난 부를 누리게 되었다.

떨어뜨린다는 프릴레르 부주교에 맞서 공개적으로 라 몰 후작을 옹호했다. 피라르 신부와 라 몰 후작은 이 사건 때문에 자주 편지를 주고받았다. 후작은 곧 피라르 신부의 인품을 알아보았다. 사회적 지위로 보면 아주 격차가 있는 두 사람이었지만 편지의 어조에는 우정이 배어 있었다. 신부는 자신에게 모욕감을 안겨 사직하지 않을 수 없게 만드는 음모가 있음을 그 편지에서 이야기하곤 했다.

피라르 신부는 쥘리앵이 시험관의 농간으로 함정에 빠진 일도 편지에 썼다. 후작은 피라르 신부를 위로하겠다는 마음에 금전적 보답을 하려 했다. 하지만 신부는 소송에 소요된 우편 요금조차 받으려 하지 않는 사람이었다. 그래서 후작은 신부의 애제자가 누구인지 몰래 알아보고 쥘리앵 소렐의 이름을 알아냈다. 그런 후 쥘리앵 소렐에게 500프랑을 보낼 생각을 해낸 것이다. 물론 피라르 신부는 그 사실을 모르고 있었다. 이것이 느닷없이 쥘리앵에게 500프랑짜리 어음이 오게 된 전말이었다.

얼마 후 결국 피라르 신부는 신학교 교장직을 사임했다. 그는 학교를 사랑했지만 프릴레르 부주교의 음모로 교장직에서 쫓겨나는 것은 시간문제였다. 그런 중에 라 몰 후작이 파리 근교의 교구를 그에게 맡아달라고 제안했다. 사흘간 망설이던 신부는 결국 그 제안을 받아들였다. 고통스럽지만 피할 수 없는 외과수술을 제안받은 것과 같았다. 신부는 받아들일 수밖에 없었다.

피라르 신부는 쥘리앵을 불렀다. 주교에게 제출할 사직서를 쥘리앵 편에 들려 보내기 위해서였다. 쥘리앵은 머릿속이 텅 빈 것처럼 아무 말도 할 수 없었다. 그는 겨우 몇 마디 웅얼거렸다.

"선생님께서는 오랫동안 교장으로 계시면서 모아두신 돈이 조금도 없다고 들었습니다. 저에게 600프랑이 있습니다."

쥘리앵은 눈물이 솟구쳐 더 말을 이을 수 없었다. 신부는 이렇게 말했을 뿐이었다.

"자네의 그 말을 기억해두지."

그러면서 쥘리앵의 등을 떠다밀었다.

"주교관으로 가봐. 벌써 시간이 늦었어."

한마디로 말하자. 주교와 만난 쥘리앵은 대성공을 거두었다. 일흔다섯이 넘은 주교는 뛰어난 고전 문학 연구가였다. 주교는 쥘리앵에게 고전 문학에 대해 질문을 했고 쥘리앵은 마음껏 실력 발휘를 했다. 쥘리앵은 주교와 함께 식사하는 영광까지 누렸다. 그뿐이 아니었다. 주교는 쥘리앵에게 호화롭게 장정된 여덟 권짜리 타키투스 전집 한 질을 가져오게 한 후 손수 헌사를 쓰고는 쥘리앵에게 주었다. 주교가 신학교에 선물한 것이다.

쥘리앵은 자정이 되어서야 주교관에서 나와 학교로 돌아왔다. 다음 날 아침 쥘리앵은 자신을 대하는 동료들의 태도가 눈에 띄게 달라진 것을 느꼈다. 그는 올 것이 왔다고 생각했다. 내가 피라르 신부의 애제자인 건 다 알지. 신부님이 사직하신다는 걸 알았으니, 이제부터 나를 모욕하려는 걸 거야.

하지만 그의 짐작은 빗나갔다. 그들은 입을 열자마자 앞다투어 쥘리앵에게 찬사를 늘어놓았다. 영광스럽게 주교와 몇 시간 동안 이야기를 나누고, 거기다 타키투스 전집까지 선물로 받다니! 동료들은 그를 향해 비굴한 아첨을 퍼부었다. 부교장인 카스타네드 신부도 그에게 다가와 그의 팔을 잡고는 식사에 초대했다. 전날까지만 해도 쥘리앵을 거의 무시하던 사람인데······. 아마 주교가 쥘리앵에게 한 말까지 그들 귀에 들어간 모양이다. 쥘리앵이 정말 마음에 든 주교는 그에게 이런 말까지 했던 것이다.

"젊은이, 앞으로 자네가 분별 있는 처신을 보인다면 장차 내 주교구에서 제일 번듯한 주임신부 자리를 얻게 될 거야. 하지만 분별 있게 처신해야 하네."

쥘리앵은 그들이 비굴한 모습을 보이자 즐거운 마음이 들기는커녕 혐오감을 느꼈다.

정오 무렵 피라르 신부는 신학생들을 모아놓고 작별을 고했다. 15년간 신학교 교장 일에 헌신해온 그의 수중에는 520프랑밖에 없었다. 그는 자신을 박해하는 세상과 금전의 힘으로 싸워온 것이 아니라, 오로지 진정성과 성실로 맞서왔다는 것을 세상 사람들은 제대로 알고 있지 못했다.

피라르 신부가 주교의 만찬 초대에 응하고 있을 때 파리로부터 뜻밖의 소식이 전해졌다. 피라르 신부가 파리에서 16킬로미터 밖에 떨어지지 않은 N교구의 주임신부로 서임되었다는 소식이었다. 사람 좋은 주교는 그를 진심으로 축하해주었다.

피라르 신부는 파리로 가자 라 몰 후작을 만났다. 후작은 격식은 모두 걷어치우고 솔직하게 말했다.

　　"제 주변에는 믿을 만한 사람이 없습니다. 파리 사람들은 먹고살 일을 해결하고 나면 오로지 사교 생활에만 관심을 기울입니다. 제게는 제가 보내야 할 편지를 대신 작성하고, 또 자기가 무슨 일을 하고 있는지 진지하게 생각하는 사람이 필요합니다. 각설하고 본론을 말씀드리겠습니다.

　　저는 신부님을 존경합니다. 직접 뵌 것은 오늘이 처음이지만 신부님께 애정을 느낍니다. 신부님, 제 비서 일을 해주지 않으시겠습니까? 보수는 연봉 8,000프랑, 아니 그 두 배도 드릴 수 있습니다. 그래도 제게 더 이익일 테니까요. 신부님 교구는 그대로 내버려두었다가 신부님이 언제고 맡으실 수 있게 해놓겠습니다."

　　신부는 간곡히 그 청을 거절했다. 대화가 끝나갈 무렵, 후작 옆에서 일을 도와줄 사람이 정말 필요하다는 사정을 알아차리고는 신부에게 문득 한 가지 생각이 떠올랐다.

　　"신학교에 두고 온 학생이 한 명 있습니다. 내 생각대로라면 거기서 혹독한 박해를 받게 될 것입니다. 저는 그 학생이 장차 큰일을 할 수 있다고 봅니다. 나는 그를 주교님 밑으로 보낼 생각을 하고 있었습니다. 후작님 마음에도 들리라 생각합니다."

"어디 출신인가요?"

"우리 산골 고장 목수 아들이라고 하더군요. 하지만 누군가 부유한 사람의 사생아인 것 같기도 합니다. 그 자신도 모르는 사람에게 500프랑짜리 어음이 날아온 것을 보면……."

"아하, 쥘리앵 소렐이라는 젊은이 말이군요."

"아니, 그의 이름을 어떻게 아십니까?"

신부가 놀라서 물었다.

후작은 얼버무렸다. 그러자 신부가 말했다.

"그를 아신다니 잘 되었습니다. 그를 시험 삼아 비서로 써 보십시오. 활기도 있고 분별력도 있는 청년입니다."

후작은 즉석에서 1,000프랑짜리 수표 한 장을 내놓으며 그 돈을 여비 삼아 당장 그를 파리로 오게 해달라고 했다. 그리고 그를 보내주라는 편지를 장관 명의로 브장송 주교관에 보내게 하겠다고 말했다. 피라르 신부는 마지막으로 말했다.

"그 젊은이는 아주 자존심이 강한 친구입니다. 자존심이 상하면 머리가 꽉 막혀버려서 후작님께 도움을 드릴 수도 없을 겁니다."

"그거 마음에 드는군요. 내 아들에게 그와 친구로 지내라고 하겠습니다. 그 정도 대우면 충분하겠지요?"

얼마 후 쥘리앵은 낯선 필적의 편지 한 통을 받았다. 봉투를 열어보니 지체 없이 파리로 올라오라는 내용의 쪽지와 어음 한 장이 들어 있었다. 서명은 가명으로 되어 있었으나 편지를 받아본 쥘리앵은 기쁨의 탄성을 내질렀다. 쪽지의 글 중, 열세 번째 단어에 커다란 잉크 자국이 나 있었던 것이다. 바로 피라르 신부와 미리 약속해둔 신호였다.

채 한 시간도 되지 않아 그는 주교관에 불려갔다. 주교는 쥘리앵에게 진심으로 축하의 말을 건넸다. 쥘리앵은 푸케를 만나 하루 지낸 뒤 다음 날 정오 베리에르에 도착했다. 더없이 행복한 기분이었다. 그는 레날 부인을 만나리라는 기대에 부풀어 있었다. 하지만 그는 우선 셸랑 신부를 찾았다. 신부는 그에게 더없이 현명한 충고를 해주었다.

"자, 나와 함께 점심을 들자. 그사이 네가 타고 갈 말 한 필을 빌려올 테니, 그 길로 곧장 베리에르를 떠나도록 해라. 아무도 만날 생각 말고……."

"말씀대로 하겠습니다." 쥘리앵은 얌전하게 대답했다. 하지만 그는 셸랑 신부의 현명한 충고를 따르지 않았다.

쥘리앵은 말에 올랐다. 하지만 베리에르를 즉시 떠나는 대신 숲으로 갔다. 해 질 무렵 그는 농부 한 사람에게 말을 맡겨 역참으로 보냈다. 그리고 한 농가로 들어가 두둑이 돈을 주고 사다리를 하나 샀다.

숲에 숨어 기다리던 그는 새벽 1시가 되자 사다리를 둘러메고 레날 씨 주택을 가로지르는 계곡으로 내려섰다. 급류 양편으로는 3미터 높이의 돌 축대가 솟아 있었다. 그는 사다리를 이용해 축대 위로 올라섰다. 개들이 짖으며 그에게 달려왔다. 그가 나지막이 휘파람을 불자 개들은 그를 알아보고 꼬리를 흔들었다. 1차 관문은 넘은 셈이었다.

그는 테라스로 기어올라 쉽사리 레날 부인의 침실 창문까지 왔다. 지상에서 채 3미터가 안 되는 높이였다. 방 안의 불은 꺼져 있는 것 같았다. 그는 작은 조약돌을 집어 들고 덧창을 향해 던졌다. 부인을 만나보든지 죽든지 둘 중 하나라고 굳게 마음먹었다.

아무 응답이 없었다. 그는 사다리를 창문 옆에 걸쳐 세우고 올라가서 덧창을 두드렸다. 여전히 아무 응답이 없었다. 그는 덧창에 하트 모양의 구멍이 있었던 것을 생각해냈다. 그 구멍에 손을 집어넣고 더듬자 이내 철사 줄이 손에 잡혔다. 덧창을 잠가놓은 걸쇠로 이어진 줄이었다. 철사를 잡아당기자 이내 걸쇠가 풀렸다. 그는 덧창을 비죽이 열어 머리를 밀어 넣고는 소리를 낮춰 몇 번이고 되풀이해 말했다.

"나예요, 당신의 몽 아미."

귀를 기울여 보았지만 여전히 침묵뿐이었다. 그는 대담하게 유리 창문을 손으로 두드렸다. 대답이 없었다. 더 세게 두드렸다. 그러자 칠흑 같은 어둠 속에서 무언가가 언뜻 보였다. 하얀 그림자가 방을 가로지르고 있었다. 그림자는 아주 천천히 다가오는 것 같았다. 별안간 누군가의 뺨이 눈에 들어왔다. 그 사람은 쥘리앵이 눈을 바싹 대고 있는 유리창에 얼굴을 기댔다.

그가 다시 "나예요"라고 말했다. 그러자 흰 그림자가 사라져버렸다.

쥘리앵이 다시 말했다.

"문을 열어줘요. 꼭 할 말이 있어요. 나는 너무 불행하단 말이에요."

그는 에라 모르겠다, 하는 기분으로 유리창이 깨져라 꽝꽝 두들겼다. 달그락하는 소리가 났다. 창문 걸쇠를 벗기는 소리였다. 그는 창문을 열고 방 안으로 가볍게 뛰어내렸다.

여인이 짤막한 비명을 질렀다. 그녀가 레날 부인이라는 것을 확인하자 쥘리앵은 가슴이 북받쳤다. 그는 부인을 품에 끌어안았다. 부인은 몸을 바르르 떨었다. 그리고 겨우 힘을 내서 쥘리앵을 떠다밀었다.

"이 나쁜 사람! 이게 도대체 무슨 짓이에요?"

부인은 떨리는 목소리로 겨우 그 말을 했을 뿐이었다. 목소리에 노여움이 배어 있었다.

"열네 달 동안이나 부인과 떨어져 있다가 떨리는 마음으로 만나러 온 겁니다."

"나가요! 당장 떠나요!"

부인은 그를 계속 떠다밀었다. 생각 외로 완강한 힘이었다.

"내가 저지른 죄가 후회스러워요. 다행히 하늘이 일깨워주

었죠. 나가요, 떠나라고요!"

"열네 달을 참담한 심정으로 기다려왔는데⋯⋯. 이대로 떠날 수는 없어요. 도대체 부인에게 무슨 일이 있었던 거지요? 어서 말해줘요."

쥘리앵은 부인을 열정적으로 끌어안았다. 그녀가 벗어나려고 하자 두 팔로 꽉 조여 버둥거리지 못하게 했다. 그러고는 그녀를 품에 안은 채 팔을 조금 풀어주었다.

부인은 정말 화를 내며 말했다.

"정말 안 나가겠어요? 내가 당신에게 품었던 감정을 비겁하게 이용하지 말아요. 이제 내게는 그런 감정이 더는 남아 있지 않아요. 더 이상 무슨 말이 필요해요? 내 말 아시겠지요, 쥘리앵 선생?"

쥘리앵은 사다리를 끌어올려 방 안에 놓았다. 그리고 무심코 예전 말투로 그녀에게 말했다.

"당신 남편이 이곳에 있는 거지?"

"내게 그런 식으로 말하지 말아요. 정말로 남편을 부를 거예요. 당신을 단번에 쫓아내지 못했으니 나는 또 죄를 지은 셈이에요. 나는 당신을 정말 불쌍하게 생각하고 있어요."

부인은 쥘리앵의 자존심을 건드리려고 일부러 그를 불쌍하다고 말했다. 그러면 그가 화가 나서 등을 돌리고 나가버리리라는 것이 부인의 생각이었다.

달콤한 재회를 그렸던 쥘리앵은 그녀가 완강하게 거부하자 격정이 더 솟구쳤다. 그는 절망에 빠져 중얼거렸다.

"아, 당신이 이제 나를 사랑하지 않는다니……."

그러면서 눈물을 흘렸다.

가슴 깊은 곳에서 솟아 나오는 그 탄식을 듣고 그 누구도 냉정함을 유지하기 힘들었으리라. 쥘리앵은 말할 기운조차 잃어버린 것 같았다.

"아, 나를 사랑해주던 단 한 사람마저 나를 완전히 잊었단 말인가! 내가 더 살아서 무엇 할까."

그는 오랫동안 말없이 울었다. 부인은 그가 흐느끼는 소리를 듣고 있었다. 그는 손을 뻗어 부인의 손을 잡았다. 부인은 바르르 떨며 손을 몇 번이고 빼내려 했다. 하지만 결국 부인은 그 손을 쥘리앵의 손에 맡기고 말았다. 방 안은 짙은 어둠에 싸여 있었다. 두 사람은 레날 부인의 침대에 나란히 걸터앉았다.

쥘리앵이 조심스럽게 말했다.

"무슨 일이 있었는지 말해줘요."

"당신이 떠났을 때 내가 저지른 짓이 온 시내에 알려졌어요. 절망에 빠진 내게 셸랑 신부님이 찾아오셨어요. 나는 그분께 모든 것을 고백했어요. 그분은 나를 꾸짖지 않으셨어요. 나와 함께 슬퍼하셨지요. 하느님의 은총으로 나는 깨달을 수 있었어요. 내가 하느님과 아이들과 남편에게 얼마나 큰 죄를 지었는지. 내가, 내가 그런 죄를 지은 건…… 남편이 당신처럼 나를 사랑해준 적이 없었기 때문이지요."

순간 쥘리앵은 부인의 품속으로 몸을 던졌다. 아무런 계산도 없었다. 자신이 무슨 행동을 하는지도 몰랐다. 그러자 부인이 그를 밀어내며 말했다.

"제발 이러지 마요. 그동안 행복까지는 몰라도 더없이 평온하게 살아왔어요. 이 삶을 흩뜨리지 마요. 제발 내게 친구로 남아줘요……. 가장 좋은 친구로……."

쥘리앵은 부인의 두 손을 키스로 뒤덮었다. 그는 여전히 울고 있었다.

"울지 마세요. 내 마음을 너무 아프게 해요. 이제 당신이 어떻게 지냈는지 이야기해줘요."

적과 흑 1

쥘리앵은 말을 할 수가 없었다. 하지만 부인이 한 번 더 신학교 이야기를 해달라고 하자 떠듬떠듬 이야기를 시작했다. 이런저런 이야기를 하면서 그는 차츰 침착성을 되찾았다. 그리고 본래의 모습으로 돌아왔다. 그러자 그는 도대체 오늘 밤 이 일을 어떻게 마무리해야 할지에 온통 신경이 쏠렸다. 그는 팔은 부인의 허리를 감고 있었고 부인은 간간히 "여기서 나가 줘요"라고 메마르게 되풀이하고 있었다.

쥘리앵은 생각했다. 이렇게 쫓겨난다면 얼마나 수치스러운 일인가! 평생 후회에 짓눌려 살게 될 거야. 내가 이 고장에 다시 돌아올 기약도 없잖아! 이 순간 쥘리앵의 마음에서 맑고 순수한 것은 모두 사라져 버렸다. 그는 격렬히 흐느끼는 부인 앞에서 또다시 차가운 전략가가 되고 말았다. 그의 머릿속은 계산하느라 바빴고 그의 가슴은 차갑게 내려앉았다.

그는 다시 냉정한 전략가가 되어 베리에르를 떠난 뒤 자신의 삶이 얼마나 불행했는지 늘어놓았다. 부인은 생각했다.

'이 사람은 여기를 떠난 뒤 오로지 베르지에서 보낸 행복한 나날들만 떠올리고 있었구나. 그러는 동안 나는 이 사람을 잊으려고만 하고 있었지.'

부인의 흐느낌이 한층 커졌다. 쥘리앵은 자신의 이야기가 효과를 거두었음을 눈치챘다. 이제 최후의 작전을 실행에 옮길 때가 되었다.

"주교님께 마지막 인사를 드리고 왔어."

그 말은 즉시 효과가 있었다.

"어머, 브장송으로 다시 돌아가는 게 아니란 말이야? 영영 여기를 떠난다고?"

그녀는 어느새 친근한 어투로 돌아와 있었다.

"그래, 가장 사랑했던 사람까지 나를 버린 곳인데……. 여기를 떠나서 다시는 돌아오지 않을 거야. 파리로 가서……."

"파리로 간다고요!"

레날 부인이 소리쳤다. 목소리가 무척 높아져 있었다.

쥘리앵은 이제 마지막 일격을 가해야 한다고 생각했다. 그는 몸을 일으키며 차갑게 말했다.

"그래요, 부인. 나는 부인 곁을 영원히 떠날 겁니다. 부디 행복해요. 안녕히."

그는 창문을 향해 몇 걸음 떼어놓았다. 그가 창문을 열려는 순간 레날 부인이 달려와 그에게 몸을 내던졌다. 부인이 그의 어깨에 머리를 파묻었다. 부인은 그를 두 팔로 끌어안고 자신의 뺨을 그의 뺨에 갖다 댔다. 쥘리앵은 원하던 승리를 손안에 넣은 것이다.

새벽빛이 밝아 오고 있었다. 베리에르 동쪽 산등성이 전나무 숲이 뚜렷이 윤곽을 드러냈다. 사랑의 쾌락에 취한 쥘리앵은 떠나고 싶지 않았다. 쥘리앵은 낮 동안 방에 숨어 있다가 밤이 되면 떠나겠다고 부인에게 말했다. 부인이 대답했다.

"안될 게 뭐 있어? 난 또다시 돌이킬 수 없는 죄악을 저질렀는걸. 이제 자존심이고 뭐고 다 잃었어."

그러면서 부인은 쥘리앵을 가슴에 꼭 안았다.

얼마 안 가 집안사람들이 깨어나 움직이는 소리가 들려왔다. 그러자 레날 부인이 말했다.

"하녀가 이 방에 들어와서 사다리를 보면 어떻게 하지? 그래 헛간에 갖다 두어야겠어."

부인은 초인적인 힘을 내어 사다리를 번쩍 들어 올렸다. 헛간으로 가려면 하인의 방을 거쳐 가야 했다. 그녀는 사다리를 복도에 내려놓고 하인을 불렀다. 그를 심부름 보내고 사다리를 들고 갈 생각이었다. 하인이 옷을 입고 나오기를 기다리면서 그녀는 잠시 비둘기장으로 올라갔다. 다시 복도로 와보니 사다리가 보이지 않았다. 레날 부인은 사다리를 찾아 사방으로 뛰어다녔다. 마침내 지붕 밑에서 그걸 찾아낼 수 있었다. 하인이 들어다 거기 숨겨놓은 것이다. 하인이 보았다면 큰일은 큰일이었다. 하지만 부인은 초연했다. 그녀는 생각했다.

'스물네 시간 후에 무슨 일이 벌어지건 아무러면 어때. 어차피 쥘리앵은 떠난 후인걸. 내게 남은 거라곤 고통과 후회뿐일 텐데⋯⋯.'

방으로 돌아온 그녀는 쥘리앵의 품속으로 뛰어들어 그를 껴안으며 몸을 바르르 떨었다.

"아! 죽고 싶어. 이대로 그냥 죽고 싶어!"

하지만 그녀는 밖으로 나가야 했다. 그녀 모습이 보이지 않으면 사방으로 그녀를 찾아다닐 게 뻔했다. 그녀는 쥘리앵을 전에 데르빌 부인이 묵었던 방에 숨겨놓았다. 그리고 낮에 먹을 것을 가져다주었다.

마침내 밤이 되었다. 레날 씨는 카지노로 갔다. 쥘리앵은 더없이 열정적으로 부인을 가슴에 꼭 끌어안았다. 부인이 그 어느 때보다 아름답게 보였다. 그는 생각했다.

'파리에 가더라도 이렇게 훌륭한 품성을 지닌 여자는 만날 수 없을 거야.'

새벽 2시쯤 되었을 때였다. 부인의 방문을 세차게 두드리는 소리가 났다. 꽤 큰 목소리로 이야기를 나누고 있던 두 사람은 말을 뚝 그쳤다. 레날 씨였다.

"문 열어. 어서 빨리. 집에 도둑놈들이 들어와 있어! 생장이 오늘 아침 그놈들의 사다리를 봤대!"

레날 부인이 쥘리앵의 품에 몸을 내던지며 말했다.

"이제 다 끝났어. 저 사람은 우리 둘 다 죽일 거야. 도둑이 아니라는 걸 알면서 저러는 거야. 하지만 당신 품에서 죽을 수 있다면 사는 것보다 더 행복해."

부인은 화가 나서 문밖에서 펄펄 뛰고 있는 남편에게는 대답 한마디 하지 않고 쥘리앵에게 뜨겁게 키스했다.

그러자 쥘리앵이 부인에게 말했다.

"스타니슬라스의 어머니는 살아 있어야 해."

그의 눈빛은 마치 명령을 내리는 것 같았다.

"나는 화장실 창문으로 뛰어내려 정원으로 도망가겠어. 내

옷가지들을 뭉쳐서 빨리 정원으로 던져줘. 그러는 사이 문을 부수건 말건 내버려둬. 절대로 털어놔선 안 돼. 명심해야 해.”

“뛰어내리다가 죽을지도 몰라.”

이것이 그녀의 유일한 대답이자 유일한 두려움이었다.

부인은 쥘리앵을 따라 화장실 창문까지 갔다. 그런 다음 그의 옷들을 감추었다. 그리고 남편에게 방문을 열어주었다. 남편은 화가 머리끝까지 솟구쳐 식식댔다. 그는 말 한마디 없이 방 안을 둘러보고 화장실까지 둘러본 다음 밖으로 나갔다. 부인은 쥘리앵의 옷가지들을 뭉쳐서 밖으로 던졌다. 쥘리앵은 옷가지들을 집어 들고 정원 아래쪽 강을 향해 빠르게 내달렸다.

그가 정신없이 달려가고 있는데 총성이 울리더니 탄환이 귓전을 스치는 소리가 들렸다. 그는 생각했다.

‘레날 씨가 쏘는 게 아냐. 이렇게 총을 잘 쏠 리가 없지.’

쥘리앵은 테라스 돌담을 뛰어내려 담에 몸을 바짝 붙인 채 50걸음쯤 걷다가 반대 방향으로 냅다 달리기 시작했다. 고함 소리들이 들려왔다. 하인이 총을 쏘는 모습이 분명히 보였다. 평소에도 자신을 미워하던 하인이었다. 소작인 한 명도 가세해서 정원 반대편 끝에서 총을 쏘아댔다. 하지만 쥘리앵은 이미 강기슭에 도착해 있었다. 그곳에서 그는 옷을 입었다.

한 시간 후 쥘리앵은 이미 베리에르에서 4킬로미터쯤 떨어진 곳에 와 있었다. 제네바로 향하는 길 위였다. 쥘리앵은 길을 가면서 생각했다.

'지금쯤 아마 파리로 가는 길을 열심히 쫓아가고 있겠지.'

큰글자 세계문학컬렉션 12

적과 흑 1

펴낸날	**초판 1쇄 2019년 11월 25일**

지은이	**스탕달**
편 역	**진형준**
펴낸이	**심만수**
펴낸곳	**(주)살림출판사**
출판등록	**1989년 11월 1일 제9-210호**

주소	**경기도 파주시 광인사길 30**
전화	**031-955-1350 팩스 031-624-1356**
홈페이지	**http://www.sallimbooks.com**
이메일	**book@sallimbooks.com**

ISBN	978-89-522-4113-9 04800
	978-89-522-4101-6 04800 (세트)

※ 값은 뒤표지에 있습니다.
※ 잘못 만들어진 책은 구입하신 서점에서 바꾸어 드립니다.

이 도서의 국립중앙도서관 출판시도서목록(CIP)은 서지정보유통지원시스템 홈페이지
(http://seoji.nl.go.kr)와 국가자료공동목록시스템(http://www.nl.go.kr/kolisnet)에서
이용하실 수 있습니다.(CIP제어번호: CIP2019047295)